五七五の秋

万乃華れん　作　　黒須高嶺　絵

もくじ

五七五の秋

一　じょうだんじゃねえ

なにが、あいあいがさだよ。

ったく、じょうだんじゃねえ。


体はすっかりだらけているし、夏休みの宿題はやっていないし、二学期のはじまりなんて、ただでさえ気が重いんだ。

それなのに、教室に入るなり、「ひゅー、ひゅー」という、オレをひやかす声。

みんなの視線《しせん》を追って黒板を見ると、オレと千夏《ちなつ》のあいあいがさ。

ほんっと、じょうだんじゃねえ。


手をつないだというならまだしも、さわってもいないんだぞ。

あー、もぉーーっ。まじで、じょうだんじゃねえっ！

＊＊＊

あの夏まつりの日。

オレと千夏は、文化会館の入り口でまちあわせをした。

「ごめんね。おそくなっちゃった」

と、ぷにょぷにょホッペをはずませてきた千夏に、オレの心臓《しんぞう》はバクバクだ。

「ううん、ぜんぜん。い、いこうか」

なんて平気なふりをしたって手のひらは正直で、汗《あせ》をかきまくる手を、オレはなんどもTシャツのすそでぬぐっていた。

まつり会場に近づくと、人がだんだんふえてきて、肩《かた》をならべて歩く千夏の右手と、オレの左手は超接近《ちょうせっきん》。

その距離《きょり》が、わずか六センチになったとき、オレは心の中でおもいっきりさけんで気合いを入れた。

うぉお――――――――――――――――っ！

そして、いま、まさに、千夏の手をにぎろうとしたときにふりかかった悲劇《ひげき》が、「よぉ、順平《じゅんぺい》！」。

くっそぉー。オレの名前をよんだ、その声のぬしは。

帰るまでずっとつきまとって、オレの最高の夏休みをぶちこわしにした、このうえなく無神経《むしんけい》なバカ男は。

あのヤロー、じょうだんじゃねえぞ！

＊＊＊

「でてこい、拓也《たくや》ッ！」

オレはどなり声をあげて、教室中をにらみまわした。

へ？

……いない。

もしかして、まだきてない？

ついでにいうと、千夏のすがたも見あたらない。オレのとなりの席の、千夏の机《つくえ》には、ランドセルとカバンがバサッと置いてあるだけだ。

まずい。どうやら、よけいな視線《しせん》まで集めてしまったらしい。このままではかっこわるすぎる。

「ふんっ、くっだらねえ」

オレはしかたなく、とがったセリフをはき出した。

それから、ふてくされた顔を作って、黒板消しを手にしたときだ。

「やべえ、ちこくかと思ったぜ」

拓也はまぬけなタイミングで、教室に飛びこんできた。

「オッス、順平」

むさくるしい顔で笑いかけられたオレは、ギロリとにらんでやつあたりしたけど、心あたりのない拓也は、ぽかんと口を開けて首をつき出している。

それでもすぐに、事態は把握《はあく》したようだ。

「おい、まじかよ」

どう見ても、夏休みの宿題を持ってきていない身軽な拓也は、黒板を消そうとするオレの右手をさえぎった。

「順平……、おまえ、千夏とできてたのかよ……」

「できて」なんかないけど。

なんでそんなに、拓也のテンションが下がるわけ？

と思っていたら、拓也の右手が、オレの胸《むな》ぐらをめがけてのびてきた。

「てっめー、いつのまにっ」

「だから、できてないってば！」

「ほんとうかっ。ほんとうに、できてないんだな」

「ああ」たぶん。

と、こたえたのがまずかった。

拓也はオレから黒板消しをうばうと、オレの名前だけを消してチョークを手にした。

「これで、よし」

拓也が満足そうにながめているのは、拓也と千夏のあいあいがさだ。
これってもしかして、拓也も千夏が好きっていうことなのか？
なんだよ、それ。なんで拓也が、千夏を好きになるんだよ。
「はい、おはよう」
げっ。最悪の状況《じょうきょう》のなか、磯《いそ》じいがあらわれた。
みんなが席に着くと千夏も、早川エリと野原マキといっしょに教室に入ってきた。
下を向いたままの千夏。背中《せなか》には、早川と野原の手がそえられている。
そのようすからして、どこかでふたりに、なぐさめられていたにちがいない。
オレは、いまの拓也とのやりとりを、千夏が聞いていなかったことをひたすらねがう。
「おや、なんですかね、これは」
黒板を見た磯じいは、かなり深く首をかしげた。
あちこちで、くすくすという笑いが起きている。

磯じいはふりかえって、廊下側《ろうか》のこっちを、たぶん千夏を見たけど、なにもいわなかった。

ただ、なにはともあれ、あいあいがさはやっと消され、オレはちょっとほっとする。

けど、千夏を見る勇気はない。ここはひとまずと、ひとことだけ声をかける。

「気にするな」

こくりとうなずいた千夏は、頭をあげると同時に鼻をすすった。

泣いてたのかよ……。

きっと、千夏が教室に入ってきたときも、みんなにひやかされたんだろうな。

いったいだれだ、あんなことを書いたヤツは。

オレはもういちど、教室中をにらみまわした。

すると、目があったヤツがいた。クラス一のお調子者、佐藤《さとう》だ。オレの顔を見て、にやりと笑っている。

「では、体育館で始業式です。すみやかに廊下《ろうか》に出て、しずかにならびなさい」

磯《いそ》じいの言葉をまって、オレは佐藤《さとう》につめよった。

「おまえかっ」

佐藤は教室の後ろにもたれかかって、しれっといいやがった。

「夏まつりで見ちゃったんだよなあ。ふたりで歩いているところ。けど、三角関係とは、順平もたいへんだな」

「なんだとっ！」

「まあ、早く、交際宣言《こうさいせんげん》しちゃえよ」

「うるせー、だまれ！　千夏にあやまれっ」

オレの声は廊下《ろうか》までひびきわたり、オレだけが磯じいに注意される。

「神田くん、君が一番うるさいですよ。早くならびなさい」

ちくしょー。

オレは佐藤の顔を見ながら、廊下のかべをけりつけた。

いってぇ。足がじんじんする。

これだけで、もうじゅうぶんひどい目にあっているというのに、野原マキの冷たい声が、オレに追い打ちをかけてきた。

「責任とりなさいよ」

は、なんで？

なにを？

どうやって？

たのむから、だれか教えてくれよ……。


こんなことがあった日も、学校からの帰り道、オレのとなりには、いつもどおり拓也がいる。

「っちーな」

まったく、なんていいかたをするんだよ。せめて「あっちーな」ってくらいにはいってほしいものだ。千夏の話をされたらどうしようと警戒《けいかい》しているオレの心臓《しんぞう》は、拓也が汗《あせ》をぬぐうたびに止まりそうになる。

でも拓也は、やっぱりのんきなヤツだった。あいあいがさのことなんて、すっかりわすれているようすで、夏休みの宿題のことを話しかけてきた。

「順平、いつのまに、自由研究なんてやったんだよ」

「あー、あれは……」

そうだ。あれは、拓也のせいでもあった。

夏休みに、オレんち八百平の店番をしていたとき、オレはあそびにきた拓也といっしょに、店の大根とピーマンで野球をしてしまった。それを父ちゃんに見つかったオレは、こっぴどくしかられたあげく、店の仕入れ先のひとつで、鈴木《すずき》のかっちゃんというおばあさんがひとりでやっている畑へ送りこまれたんだ。

そのことを思い出したオレは、ひにくたっぷりにいってやる。

「あれは、おまえのおかげだよ」

「へ？」

「拓也が大根をふりまわしたりするから、オレは畑の手伝いにいかされただろ」

「ああ、オレが、おまえんち出入り禁止になったやつ？」

「そう。その畑にいた、『ハスモンヨトウ』とか『テントウムシダマシ』とかいう虫のことを、てきとうに書いておいたんだよ」

「なんだ、じゃあ、オレと順平、ふたりの自由研究だな」

「は？　なんでそうなるんだよ」

「まあ、そうかたいことをいわずに。な、ふたりでやったことにしといてくれよぉ」

だってさ。まったく、しょうがないヤツだ。

「算数のプリント二十枚《まい》、代わりにやってくれたら考えてやる」

オレはそういって拓也とわかれて、角を曲がった。

はぁー。しかし、つかれる一日だったな。

オレはぐったりして、八百平の店先に入っていく。

「ただいま……」

「よっ、おかえり」

父ちゃんはあいかわらずだ。つめほうだい用のピーマンを山積みにしながら、川柳《せんりゅう》をならべている。

「『ピーマンと　いわれてひさしい　わが頭脳《ずのう》』。『悲しきや　息子《むすこ》の頭も　またピーマン』てね。けどな、ビタミンAにビタミンC、栄養はたっぷりつまっているんだぞ。だから順平、心配するな」

「はぁー」

オレの口からは、またため息が出た。

「どうした、どうした、さえない顔して。宿題をやらずにしかられたくらいで、落ちこむ順平じゃないだろうに」

さすが父ちゃん、よくわかっている。

「さては、恋《こい》のライバルでもあらわれたのかぁ」

げっ、それはわかりすぎだ。

「な、なんだよ。あ、あんなの、じゃなくって、そ、そんなんじゃないよ」

しまった。完全に、しどろもどろになってしまった。父ちゃんがおもしろがっている。

「へー、『夏休み　明けたら級友　恋がたき』ってところなのか?」

「だから、そんなんじゃないってば」

「いいじゃないか、いいじゃないか。うらやましいねえ、青春まっさかり」

「なにが、青春だよ。いいわけないだろ」

「なにをいっているんだ。あれだけかわいければ、ふつう、ほかの男だって、ほっときゃしないさ」

にんまりした父ちゃんは、オレの顔をのぞきこんできた。

「で、だれだ?」

いいなれた名前は、ぽろりとこぼれる。

「拓也……」

「拓也!」

父ちゃんは声をひるがえした。

けど、ニヤつきはました。がぜん、はりきりだしていう。

「こりゃ、おもしろくなってきた。順平、八百平の看板《かんばん》にかけても、負けるんじゃないぞ。いいか、モテる小学生なんていうのは、むかしから決まっているんだ。まずは、見てくれのいいヤツだろ。それに、勉強ができるヤツ。そして最後が、足の速いヤツだ」

たしかに。

「順平、こっちを向いてみろ」

父ちゃんはオレのあごを、ぐいっと持ちあげた。

「うん、かろうじて、顔は勝っているぞ。父ちゃんに似てよかったな」

父ちゃんに似なくてよかったな、だろ。

「順平と拓也じゃ、勉強はどっちもどっちだろうな」

そのとおり。

「とすると、残すは足の速さ。これもなあ、ふたりとも、少年野球チームの落ちこぼれじゃ、たいしたことないか」

「じょうだんじゃねえ、あんなヤツと、いっしょにされてたまるか」

ん？　ついつい、ムキになるオレ。

もしかして、父ちゃんのペースに、すっかりはまってる？

「よっ、そのいきだ。来月は運動会だろ。父ちゃんも応援《おうえん》してやるからな。正々堂々と勝負しろよ」

「もちろんだよ。ズルなんかしなくたって、楽勝だよ」

まあ、おなじクラスだけど。

でも、そうか。オレと拓也が、百メートル走で勝負するっていうのも悪くない。オレが勝てば、すべて解決だ。

父ちゃん、ありがと。

「こうなったら、きっちりとケリをつけてやるぜ」

「たのむぞ、順平。『いちどくらい　テープ切る君　見てみたい』てな。体型も父ちゃんに似てめぐまれているんだ。母ちゃんに似たっていうなら、あきらめもつくけどよぉ」

「なんですってっ！」

おっと、父ちゃんが両手で、母ちゃんの体型をかたどったところで、本物の母ちゃんのおでましだ。

やれやれ。いつものように、またケンカがはじまるぞ。

「順平は、だれかに似て、根性なしの、おひとよしなのよ」

え、オレ？

あっけにとられていると、敵《てき》か味方か、よくわからない父ちゃんが反《はん》撃《げき》にでた。

「おひとよしの、なにが悪い」

「競《きそ》いあっていると、どうぞ、おさきにっていうタイプ」

「平和主義《へいわしゅぎ》なんだよ。それのどこがいけないんだ」

「ちがうでしょ！　ただ、外面《そとづら》がいいだけっ」

まったく、ひどい親だ。

オレはおひとよしなんかじゃないぞ。千夏のことで、おひとよしになんてなっていられるか。

「やめてくれ！　ＤＮＡが　泣いてるぜ」

オレはビシッといって、二階にかけあがった。

けど、「テープを切る」かぁ。

そりゃあオレだって、いちどくらいあの白いテープにふれてみたいし、小学校最後の運動会、リレーの選手にもなってみたいさ。

そう思いながら、机《つくえ》の下じきにはさまれた時間割《じかんわり》表《ひょう》を見ると、次の体育は、あさっての金曜日。

毎年夏休みが終わると、すぐに運動会の準備《じゅんび》をはじめるから、磯《いそ》じいもきっと、この日に百メートルのタイムをはかって、リレーの選手を決めると思う。

オレはよしっと立ちあがって腕《うで》をふり、太ももを高く持ちあげた。けど、二、三十回がむしゃらに床《ゆか》を鳴らすと、もう息が切れた。

やっぱり、リレーの選手はあきらめよう。

陸上クラブのヤツだっているんだ。あいつらとせりあうなんて、身のほど知らずにもほどがある。

たおす相手は、ただひとり。オレは拓也のみにまとをしぼって、ランニングに出た。

たった一日といえども、ダッシュの仕上がりは順調だ。いつものっそり歩く拓也に、負ける気はまったくしない。

オレは木曜日の帰り道、拓也とわかれる角を曲がるまえに切りだした。

「拓也。ずばり、聞く！」

「ふん？」と、人なつっこそうな顔を向けられると、闘争心《とうそうしん》が失われそうで、はっきりいってこまる。

でもオレだって、千夏のことが好きなんだ。

昨日は拓也が「できてるのか」って聞くから、「できてない」とこたえただけで、だれも「好きじゃない」とはいっていない。

だいたい、夏まつりの日に拓也がこなければ、いまごろオレと千夏はつきあっていたかもしれない。だろ？

やっぱりこいつは、にくきヤロウなんだ。

「お、おまえ、千夏が好きなのかっ」

「千夏？　ああ、そりゃあ、かわいいからな」

なんだ、そのいいかた。こいつ、ほんとうに千夏が好きなのかよ。と、うたがいたくなるけど、そんなことはもうどうでもいい。オレの本気をぶつけてやる。

「なら、勝負だ。明日の体育の百メートル走、タイムの速かったほうが、千夏をデートにさそうんだ」

「へー、明日、百メートル走があるんだ」

あ、それは……。

「たぶんだけど」

「ふーん。で、やっぱり順平も、千夏が好きなんだ」

「そ、そうだよ。悪いかよ」

「いや、べつに。いいぜ、明日、勝負しようぜ」

とむかえた金曜日は、予想どおりだった。朝の会で磯《いそ》じいが、今日の体育でリレーの選手と補欠《ほけつ》、男子五人と女子五人を決めるといいだした。

そして五時間目。

出席番号順でさきに走ったオレのタイムは、十五・七三秒。まずまずだ。

オレは「こい、拓也！」と、ゴールでまちうける。

給食をひかえめにしたオレとちがって、シチューをおかわりしていた拓也のフォームは、どう見ても体が重たそうだ。

「きっつー」

ゴール後すぐにすわりこんだ拓也に、オレはよゆうで声をかける。

「だいじょうぶかぁ」

けど、記録表を見てうなだれた。

あの走りの拓也と、このオレが同タイム？

磯じい、きちんとはかったのかよ。

そのストップウォッチ、こわれているんじゃねえのかよ。

まったく、じょうだんじゃねえぞ！

二　世の中、じょうだんじゃないことばかり

オレはすっかりわすれていた。

この世に、「席替《せきが》え」というものがあることを。

やけくそで体操服《たいそうふく》をぬぎすてたばかりの、六時間目の特別活動で、磯《いそ》じいはその言葉をあたりまえのことのように口にした。

「では、気分を新たにということで、席替えを行いましょうかね」

となりで千夏が、「えっ」と声をもらしたような気がするのは、オレのせつない願望だろうか。

もちろんオレは、え————っ！　とさけんだ。心の中でだけど。

ほかのヤツらは、「やったあ」とか「まってました！」とか、ちゃんと声に出していっている。

オレひとりが、席替えなんてイヤだ！　千夏とはなれたくないっ！

とねがったところで、もうどうしようもない。

実際《じっさい》、磯じいはすでに、黒板に向かってたんたんと、座席表《ざせきひょう》をえがきはじめている。

窓側《まどがわ》の列、真ん中の列、廊下側《ろうかがわ》の列。三つのたてに長い長方形をかき終えると、それぞれを左右に仕切る線と、横六列に分ける線も、サッサッサッと手ぎわよく引かれていく。

長方形の中の、右側には青いチョークで男子の番号、左側には赤いチョークで女子の番号、一から十八までの数字をてきとうにうめれば完成だ。

オレたちはダンボール箱の中から、磯じいが作った紙のくじを引いていき、くじの番号と黒板の番号を見あわせたヤツから、順にわめき声をあげていった。

「えーっ、やだあ」

「げっ、一番前」とかね。

なかには拓也みたいに、

「十一番の女子はだれ、だれ?」

と、となりの席の女子をさがしているヤツもいる。

そしてオレは十七番。真ん中の、一番後ろを引きあてた。

あそこならゆったりすわれるし、のびのびとすごせそうだけど、問題は千夏の席だ。

ちらっと見ようとしただけでは、千夏の小さい手からはみ出した紙のくじも、番号までは見せてくれない。

おもいきって「何番だった?」と聞こうとしたら、磯《いそ》じいにじゃまをされた。

「机《つくえ》は、ぜったいに引きずらないこと。ほかのクラスにめいわくがかからないよう、しずかに移動《いどう》させるんですよ。いいですね。はい、はじめ!」

磯じいが両手を打つと同時に、みんながいっせいに机を運びはじめた。

千夏もオレからゆっくりとはなれていき、オレの目だけが千夏を追いかける。

千夏の行き先は、そんなに遠くなかった。オレのななめ前の前。そこで千夏は立ち止まった。

あそこなら、後ろすがただけどよく見える。

そう思った瞬間《しゅんかん》、なぜかイヤな予感がしたオレは、黒板をたしかめた。

オレのななめ前の前の赤い数字は、十一番。

そこって、もしかして……。

「よっしゃあー」

ぼう然とするオレの目にも飛びこんできた、でかいずうたいから出たさけび声は、教室中にひびきわたった。

くそぉ、拓也のヤロウ。

これじゃあまるで、オレが勝負に負けたみたいじゃないか。

そんなの、まじで、じょうだんじゃねえっつーの。

けど、千夏はどうなんだろう。拓也が夏まつりにさそっても、やっぱりいっしょにいっていたのかな……。

うー、聞きたいけど聞けないし、自信もだんだんなくなってきた。

つなぐまえ　シャツで汗《あせ》ふく　暑い夏
ありがとう　汗をかくのは　暑いせい
ちがったの？　その汗のわけ　知りたいな
教えない　きみの気持ちが　わかるまで

夏休みまえに千夏とふたりで詠《よ》んだ、この川柳《せんりゅう》がなつかしい。

そう思いながらうちに帰ってきたら、父ちゃんが新しいケータイをいじっていた。

「ああっ？　またかよ。そんなところ、押《お》したおぼえはないぞ。ったく、こんな小さいマスじゃ、オレの指はおさまらねえな」

ていうか、ケータイじゃない。

「スマホ、買ったのっ！」

「おう、更新《こうしん》の時期だったからな」

オレはこれだと思った。

「じゃあ、いままでの古いケータイ、あれ、オレにくれよ」

「ああ、あれか？　あれはなあ、下取りに出した」

「はっ、なんでだよ」

「なんでって、安く買うために決まってるだろうが」

げっ、サイテー。

「そんなちょっとのことで、ケチケチするなよ」

「ケチケチしなきゃ、やっていけない御時世《ごじせい》なんだよ」

「そんなこといわないでさあ。ねえ、父ちゃ〜ん、たのむから、取り返してきてくれよー」

「そんなかっこわるいことが、できるかっていうんだ」

「それくらいなんだよ。かわいい息子《むすこ》のために、たのむよー。千夏はもう、スマホを持っているんだぜ。だからさあ、わかるだろ？　ねえ、父ちゃ～ん」

「ははは。かわいい息子《むすこ》よ、わるいな」

ちぇっ。おがみたおしてもだめなら、ひらきなおってやる。

「なら、オレにもスマホを買ってくれよ」

「スマホなあ。まあ、あれだ。そういうことは、母ちゃんだな」

なんだよ、役に立たない父ちゃんだ。

しかたがない。ランドセルを置いたオレは、店の裏《うら》にまわった。

母ちゃんはそこで、例の、土や泥《どろ》がついたままの野菜を洗《あら》っている。

オレんちでは父ちゃんが、毎日朝早くに家を出て、市場へ野菜を仕入れにいくんだ。

でも、それだけじゃない。腰《こし》の曲がったおじいさんやおばあさんが、ひとりでやっているような農家から、直接《ちょくせつ》仕入れてくる野菜もある。

そういう野菜を父ちゃんは、土や泥がついたまま持ってくる。

どうせ、「いいよ、いいよ、そんなことしなくて。うちでやるからさ」とかいって、あちこちでいい顔をしてくるんだと思う。

けど、その土や泥を洗い流して、きれいにするのは母ちゃんなんだ。

「ただいま」

「あら、おかえり」

オレは母ちゃんの横にしゃがんで、だまって手伝いはじめた。

するととつぜん、母ちゃんがいった。

「ダメよ」

「え、なにが?」

「あんたが、いま、思っていること」

げっ、なんでわかるんだ?

「そんなこと、いわないでさあ」

「ダメです!」

「たかが、スマホだよ」

「スマホ? なんで、そんなものがいるのよ。ただでさえ勉強しない子が、スマホなんて持ったら、ますますしなくなるだけでしょ」

「じゃあ、勉強したら、買ってくれるわけ？」

「ええ、そうね。二学期の成績《せいせき》から、2がなくなったら買ってあげるわよ」

やった、そんなのかんたんだぜ。

「もちろん、1もダメよ」

ちっ、見すかされたか。

こうなったら、奥《おく》の手《て》だ。

「食器洗《あら》い機《き》のこと、父ちゃんにばらすぞ」

「食器洗い機の、なにをよ」

「父ちゃんがいいだすまえから、母ちゃんはとっくにパンフレットをもらってきていて、こっそり買おうと思っていたことさ」

「そんなこと、べつにいいわよ。もう、買ってしまったんだし。ただ、成功報酬《せいこうほうしゅう》のこづかい二百円アップが、なかったことになるだけよ」

うっ、そうくるか……。

オレがだまりこむと、母ちゃんはにんまりと勝ちほこった顔をした。

ふたつのまるい目が、「きゃっはっはっは」と笑っている。

けど、あきらめるものか。だってあんなものこそ、買わないほうがよかったんだ。

結局、皿洗《さらあら》いがへったくらいじゃ、母ちゃんの手は深くひびわれたまま。あかぎれは、ぜんぜん治っていないんだから。

それに、食器洗い機がオレんちにくるまでは、晩《ばん》メシを食べたあと、母ちゃんは皿を洗いにいき、父ちゃんとオレは楽しくテレビを見ていた。

それなのにいまでは、母ちゃんが「あれが見たい、これが見たい」っていうさくいうんだ。

どうせ、今日もはじまるぜ。

「ちょっとぉ、また野球？　たまには、ドラマを見せてよ」

ほらね。

でも、父ちゃんは完全に無視《むし》。

「おい、コラッ！　ったく、どこ見て、バットふってるんだよ。『昨日

負け　今日も負けかよ　なさけねえ』」

「そんなふうにおこってまでして、負けてる試合を見なくてもいいじゃない」

「あ、あ？」

「そうだ、こうしましょうよ。勝ってるときは野球を見て、負けてるときはドラマ。ねえ、いいアイデアでしょ？」

「なにをいっているんだ。『五点くらい　ひっくりかえすさ　九回に』ってな。野球は九回裏《うら》、二アウトからだって知らねえのかよ」

「だったら、『九回の　裏だけ見れば　いいのよね』」

「あーあ、これだから、素人《しろうと》はいやだねえ。『二アウト　メイクドラマの　おぜんだて』っていってな、野球にだって、ドラマがあるんだよ。おまえのいう、くだらないドラマが見たけりゃ、よそのテレビで見てこいっていうんだ。なあ、順平」

父ちゃんが同意を求めてくるからいけないんだ。

「そうだ、そうだ、よそで見てこい！」

オレはテレビの中の、野球選手をののしるかのようにいってしまった。

「へえ、順平、あんたまで、そういうことをいうわけ」

母ちゃんのぶきみな笑《え》みはこわすぎる。

しかも、左のまゆをピクリとあげて、ひとことつけたした。

「おぼえてなさいよ」

うわあ、しまった。ますます、スマホが遠くなった気がする。


そして風呂あがり。オレがそろそろ、二階へ寝《ね》にいこうとしたときのことだ。

母ちゃんが、「なんとかスタイル」っていう雑誌《ざっし》を見ながらつぶやいた。

「ダイエットねえ」

父ちゃんは足のツメを切りながら、軽くツッコミを入れている。

「おっ、二十五回目のダイエットに突入《とつにゅう》か」

「ちがうわよ」

「そりゃわるい。三十回目だったっけ？」

「だれもダイエットするなんて、いってないでしょ」

「けっ、しないのかよ」

「うるさいわね。これよ、これ！」

「どれ？」

顔をあげた父ちゃんは、雑誌《ざっし》を横からのぞきこんで見た。

「ダイエット川柳《せんりゅう》？」

「そう。賞金が、五万円もらえるんですって」

「ほー、いいじゃないか」

「でしょ。五万円あれば、テレビがもう一台、買えるわよね」

「まあな。野球を見ているとなりで、あーだ、こーだ、わめかれるよりはいいかもな」

父ちゃん、なにいってるんだよ。

五万円あったら。

「テレビなんかより、オレのスマホでしょ！」

「なに、順平、まだ、そんなこといってるの？」

「もちろんだよ。ぜったい、ぜったい、スマホ！」

「いいえ。ぜったい、テレビよ」

「いいや。ぜったい、野球だ」

でた。父ちゃんの、わけわかんねえひとこと。

とりあえず、父ちゃんはほうっておいて、オレは母ちゃんにほざく。

「まあ、どっちでもいいや。どうせ、五万円なんてもらえっこないんだから。このあいだのだって、まぐれに決まってるし」

あかぎれて　お酒つぐ手を　ネコの手に
さかずきを　置いてネコの手　包みこむ

これが、父ちゃんと母ちゃんが、最優秀賞《さいゆうしゅうしょう》を取った夫婦川柳《ふうふせんりゅう》だ。

暑い夏も、寒い冬も、料理をしたり、掃除《そうじ》をしたり、土のついた野菜を洗《あら》い続けたりする母ちゃんの手は、一年中乾燥《かんそう》して、ひどくひびわれている。

きっとそんな手は、だれにも見せたくないんだろう。

父ちゃんにお酒をつぐときも、ネコのように手をまるめて、指をかくす母ちゃん。

そして、その手を包みこむ父ちゃん。

なんだか、そこに愛があるみたいで、たしかに、オレの胸にもジンとくる。


でも。でもっ！

「だいたい、あんな川柳《せんりゅう》、うそっぱちじゃないか」

「なんだとぉ、あれのどこが、うそっぱちなんだ！」

え、なんで、父ちゃんが？

とまどいながらも、オレは続ける。

「だ、だって、いつもケンカばかりしているくせに、なにが『包みこむ』だよ。あんなの、ぜったいに、ま・ぐ・れ」

「いいわ。まぐれかどうか、はっきりさせてあげるわよ」

「いいぞ、みさ子。はっきりさせてやれ」

「ええ、見てなさい。いまに、わたしだけのテレビを買ってやるんだから」

「そうだ、順平も、そんなにスマホがほしけりゃ、川柳を作って応募《おうぼ》して、自分で買うんだな」

「そうよ、そうよ！」

なんだよ、よってたかって弱い者いじめしやがって。

「わかったよ。スマホくらい、自分で買ってやるよ」

こういうのを、売り言葉に買い言葉っていうんだと思う。ムキになったオレは、つい、バカなことを口走ってしまった。

母ちゃんはよゆうたっぷりだ。オレをバカにして高笑いしている。

「まあ、せいぜい、がんばりなさい。きゃっはっはっは」

そしてオレは、ドツボにはまっていく。

「やってやるよ。母ちゃんなんかに、負けてたまるか！」

こうやって、オレと母ちゃんが火花をちらす横で、父ちゃんは一句《いっく》。

「『母子《おやこ》して　川柳《せんりゅう》ならべ　でき競《きそ》う』。こりゃ、おもしれえ。川柳対決のはじまりだいっ」

だぁかぁらぁ、なんでこうなるんだ？

もぉー、かんべんしてくれよっ。

ほんっと、じょうだんじゃねえっつーのっ！

三　役に立つ父ちゃん

おもしろくない、おもしろくない。

千夏と拓也。あいつら、なにをしゃべっているんだ?

拓也がなにか話しかけるたびに、千夏のほっぺが楽しそうに笑うのがおもしろくない。

それに月曜日の今日、拓也が千夏に話しかけたのは、十三回。オレはというと、ゼロ回だ。

ていうか、二学期になってからもう六日もたっているのに、オレが千夏と話したのは、「気にするな」のひとことだけ。たった二列前なのに、これではまるで、地球の表と裏側《うらがわ》だ。

おまけに拓也ときたら、学校の帰り道でも、千夏の話ばかりをしはじめるし。

「なあ、知ってるか？　千夏が頭につけてる、あの黄色い花のやつ、あれ、母さんの手作りなんだってさあ」とか。

「オレ、今日、千夏に消しゴムをかりたんだけどさ。いちごの形をしているのに、みかんみたいなにおいがするんだぜ。あれ、おかしいよな」とか。

「あ、そういえば、知ってるか？　千夏んちのカレー、牛肉なんだって。ごうかでいいよなあ」とか。

うるさい！　そんなこと知るかっ。

こうなったら、算数のプリントくらい自分でやってやる。あの夏休みの自由研究を、おまえといっしょにやったことになんて、だれがしてやるものか。

それに、いまに見てろよ。おまえが持っていないスマホを、オレはぜったいに手に入れてやる。

そのためには……と、オレは早歩きをしてうちに帰ってきた。

目立つ黄色い紙に、得意な筆でさらさらっと、どこどこ産の大根がいくらだとか、だれだれが育てたニンジンは無農薬だとかって書いている父ちゃん。

いまがチャンスだ。

オレは母ちゃんがいないスキをねらって、父ちゃんをおだてる作戦にでた。

「さすが父ちゃん、うまいよなあ」

「おっ、そうか?」

「そうだよ。その馬鈴薯《ばれいしょ》の『馬』っていう字なんか、好きだなあ。点の打ちかたがかっこいいよねえ」

「へー、いきなことをいうじゃないか。とうとう順平も、この芸術的《げいじゅってき》センスがわかるようになってきたのか」

へへ。かんたん、かんたん。

父ちゃんは自分の字を、ほれぼれとながめだした。

「もちろんわかるよ。だって、父ちゃんが書くと、まずい野菜も、おいしそうに見えるもん」

「なぬ？」

え？

とつぜん、父ちゃんの顔からニヤケが消えて、オレはぎくりとうろたえる。

視線《しせん》が黄色い紙からオレにうつると、口調《くちょう》もケンカ腰《ごし》だ。

「順平、おまえ、いま、なんていった」

なんてって、えーと……。

「まずい野菜だとぉ」

あ。

しまった。

「ちがうよ。そういう意味じゃなくて」

やべえ。野菜をバカにしたら、また「畑送りだ！」なんてことをいわれかねない。

「ほら、あれだよ、あれ」

と、オレは必死に取りつくろう。

「母ちゃんのへたくそな字じゃ、いくらいい野菜だって、うまそうに見えないっていうことだよ」

「なんだ、順平も、そう思っていたのか」

よかったあ。父ちゃんを味方につけるには、やっぱり母ちゃんの悪口にかぎる。

オレが大きく「うん」とうなずくと、父ちゃんはどんどん話にのってきた。

「じつは、父ちゃんもな、まえまえから、そう思っていたんだよ。あいつの字は、どうも、ガサツでいけねえよなあ」

「そうそう」

「せっかくの、形がいい『じゃがいも』も、あいつが書くと、『ぐしゃいも』みたいだし。『かぼちゃ』だってさあ、これじゃあまるで、『げぼちゃ』だろうが」

そういって、父ちゃんが手にとった黄色い紙に書かれた文字は、たしかに「げぼちゃ」に見えるからぞっとする。

「だからこうやって、あいつがいないときを見はからって、こっそりと書き直しているっていうわけさ」

「父ちゃんの涙《なみだ》ぐましい努力があって、いまの八百平があるんだね」

「息子《むすこ》よ、父ちゃんの苦労を、わかってくれるのかい？」

「もちろんだよ。男どうし、オレはいつだって、父ちゃんの味方だよ」

「くーっ、泣かせることをいうじゃないか。こりゃ、いっしょに酒が飲める日が楽しみだ」

やれやれ、時代劇《じだいげき》かよ。

「そうだ、順平、いまからでもおそくないぞ。父ちゃんが習字を、手ほどきしてやろうか。そうすれば、スマホなんていってないで、ラブレターっていう手があるだろう。『売り上げも　伝える愛も　筆しだい』ってな」

げっ。いまどき、ラブレターなんて、だれが書くんだよ。

まあ、オレも夏休みに、千夏からもらったピアノ発表会の案内状《あんないじょう》を、ラブレターだとかんちがいして、オタケビをあげていたけどさ。

けどやっぱり、ラブレターなんて、ないない。と思っていた。

ところが、数日後の給食を食べ終えたあと。

席にすわってまったりとくつろいでいると、オレの新しいおとなりさん、早川エリの声が後ろから聞こえてきた。

「拓也って、ほんと、顔に似合《にあ》わず、きれいな字、書くよねえ」

ふり向くと、千夏をふくめた女子四人が、教室の後ろのかべにはり出された、夏休みの宿題を見あげていた。好きな四字熟語《よじじゅくご》を書いてくるという習字の宿題だ。

おしくも金賞をのがした、拓也の「誠心誠意《せいしんせいい》」の右上には、長さ十センチくらいの銀色の折り紙が、ぴろーんとはられている。

さいわい、拓也は教室にいない。さっき、トイレにいった。

たぶん早川エリも、拓也がいないのを知っていてほめているんだと思う。いたら、調子にのるだけだから。

そこへ、ほめてもいないのに調子にのっているヤツがきた。

「ねえ、ぼくの『有言実行』はどう?」

わざわざ前の方からやってきて、四人の女子にこう聞いたのは、佐藤だ。

みんなの視線《しせん》が、佐藤の習字にうつっている。

「まあまあね」

野原マキはあっさりとこたえた。

「うん、そうね」

ほかの女子もうなずいた。

「まあまあかぁ。けっこう気合いを入れて書いたんだけどなあ」

佐藤はがっくりだ。

オレは、あのあいあいがさをわ

すれていない。佐藤があんなものをかかなければ、三角関係でなやむこともなんてなかったんだ。

「へっ、ざまあみろ」と、オレは小さく口を動かした。

けどこのあとの、佐藤の質問《しつもん》にはどきりとさせられた。

「ねえ、女子ってさあ、ああいううまい字でラブレターとかもらったらよろこぶわけ?」

まっさきにこたえたのは、野原マキだ。

「いまどき、ラブレターなんて、ダサいでしょ」

やっぱりねえ。と、うなずきかけたとき、早川エリがいった。

「そうかな? わたしはうれしいけどな」

え、そうなの? ラブレターもありなの? と、思ったのもつかのま。

佐藤が片思《かたおも》い中の、三浦ゆかりがばっさりといった。

「うっそー、ありえない」

すかさず、早川エリもつけたした。

「まあ、好きな子からだったらの話だけどね」

そして、野原マキもいう。

「そりゃそうよねえ。いくらきれいな字だからって、きらいな男子からじゃ意味ないよねえ」

「ひっ、きっびしい！」

佐藤の大げさなのけぞりで、話は終わってしまった。

それで、えーと、千夏はどっちだったんだ？

オレはちろっと千夏を見た。

すると一瞬《いっしゅん》、目があった。

けど、千夏のほうがさきに、目をふせた。

これって、どういう意味？

どうせオレの字は、頭をかきむしりたくなるひどい字だ。宿題の習字も提出してないし、こんなオレが、ラブレターを書くなんてありえないけどさ。

そういえば最近、父ちゃんもよく頭をかきむしっている。

猛暑《もうしょ》だったせいで野菜不足。仕入れがたいへんなんだ。

それなのに、客はみんないいたいほうだい。

ほら、今日も。

「ちょっとぉ、このナス、高すぎない？」

「肉が高くて買えなくて、魚も高くて買えなくて、八百平さんならって、ここまできたのに、こまったわぁ」

こういわれると、父ちゃんは頭を下げるしかない。

「いやあ、もうしわけない。ほんとーに、もうしわけない」

そして、安い野菜をたくさん売るしかない。

まずは、モヤシを大量買いする客に声をかけた。

「そろそろ、夏のつかれが、どっとくる時期。疲労回復《ひろうかいふく》に、オクラはどう？　安くしとくよ」

「ほんと？」

「ああ、ほんとうだよ。モヤシばかりを、そんなに買われちゃあねえ」

「あら、いやだ」

「ひとむかしまえは、『給料まえ　モヤシばかりが　モテまくる』って
いっていたのに、いまじゃ一年中、このひょろひょろに人気が集中。い
やになっちゃうのは、こっちだよ」
「あっはっは」
「あ、このオクラ、小ぶりだからって、バカにしちゃいけないよ。育ち
すぎると、味が落ちるんだから」
「あら、そうなの？」
「そうさ。それに、今日のオクラは新鮮《しんせん》だよ。ほら、うぶ毛もまだしっ
かりしているし、やわらかい」
「じゃあ、ふた袋《ふくろ》、もらっていくわ」
「へい、まいど。『ネバネバが　あすの亭主《ていしゅ》の　バネになる』ってね」
父ちゃんのトークに引きこまれる客は、ほかにもいる。
「ねえ、わたしにも、オクラちょうだい」
「そうこなくちゃ。ついでに、ナメコもどうよ。このさい、ネバネバを
倍にして、ご主人にしっかり、がんばってもらいましょうよ。『ネバネ

バと　愛情《あいじょう》、こづかい　倍がいい』ってね」

こづかいの話になれば、母ちゃんもだまっていない。

「どさくさにまぎれて、なにいってるのよ。『かせぎない　亭主《ていしゅ》はそのうち　バイバイよ』」

「倍といやあ　うちの女房《にょうぼう》　カバの倍」

オバサン連中が、くすっという笑いにとどめていると、父ちゃんはさらにいう。

「ほら、みろ。みんな、なんのことだか、おわかりだい」

あっはっはっは。と笑いだせば、こっちのもんと、父ちゃんは声をはりあげる。

「オクラもナメコも、安くしとくよ。さあ、買った、買った！」

しかし、父ちゃんも母ちゃんも、よくあんなに次から次と川柳《せんりゅう》が作れるよな。

なんて、感心している場合じゃない。

スマホのためには、母ちゃんよりうまい川柳を作らなければいけないんだ。

応募《おうぼ》できるのは、ひとり三句《く》まで。しめきりは十月八日金曜日だから、まだ一ヶ月あるけど、ダイエットかぁ。オレには関係ないしなあ。

と思っていたら、ダイエットと切っても切れない、深い縁《えん》がある人がいた。

オレの前を、いったりきたりする母ちゃんだ。

べつに、オレのことじゃなくてもいいわけだし、母ちゃんのことを詠《よ》んでみる。

えーと、母ちゃんがいつもしていることといえば。

やせたい、やせたい。といいながら、野菜で作ったおやつをがつがつ食べているだろ。野菜なら太らないとでも思っているのかな。

それに、もったいないといっては、売れ残った果物も腹《はら》いっぱい食べているし。あれは、カロリー高いよな。

そういえば、トマトダイエットとか、キャベツダイエットとかがはやると、売り切れるまえにちゃっかりと自分の分をキープするのは悪いくせだ。このさい、川柳にして、みんなにばらしてやる。

そう思ったら、なんだかおもしろくなってきた。

オレはうかんできたことを、テーブルに出したばかりの夏休みの宿題の、算数プリントの裏《うら》に書きならべて川柳を作っていく。

母ちゃんが野菜で作るおやつは、ゼリーに、チップスに、シロップ漬《づ》けだから――。

やせるの反対は太るだから――。

トマトダイエットじゃ、それだけでもう八音だから長すぎる。こういうときは、えーと――。

こんなふうに考えていったら、けっこうかんたんにできた。オレはまずまずのできに満足する。

それにしても、満足できないのは、このへたくそな字だ。どうしたら、うまい字が書けるようになるんだろうな。

拓也の字のうまさは、クラスで一番か二番かだから、このオレが勝てるわけないけど、もうすこしなんとかならないものか。

オレは近くにあった黄色い紙の父ちゃんの字を、なにげなく人さし指でなぞってみた。

「川原さんちの、無農薬ニンジン」っと。

すると運悪く、父ちゃんが通りかかった。

「おっ、とうとう書く気になったのか、ラブレター」

「そんなんじゃないってば」

「どれ、見せてみろ」

ちがうといったのに、父ちゃんはオレからプリントを取りあげた。

「ほー。なかなか、やるじゃないか」

「そんなおせじ、いわなくてもいいよ」

「いやいや、そうでもないぞ」

「まじで?」

「ああ。さすが、父ちゃんの息子《むすこ》だ。いいセンスしている。

『ポテチ食べ　やせたいやせたい　いう母ちゃん』。

『野菜なら　太らないと　思う母』。

『売れ残り　ぜんぶ食べては　太る母』。

『トマトやせ　自分の分は　キープする』。

『売り切れた　トマトにキャベツ　じつはある』」

「なんだ、そっちかよ」

「ん？」

「だから、字の話でしょ」

「ああ、字か。字は……、くっ」

「うわあ、イヤな笑い」

「わるい、わるい。けど、だいだいおまえは、えんぴつの持ちかたからしておかしいんだよ」

「そんなの、親のせいでしょ。なんで一年生のときに、ちゃんと教えてくれなかったんだよ」

「だから、それは……、あれだ」

父ちゃんのあごは、母ちゃんに向けられた。

気づいた母ちゃんが、ひややかな目でオレたちをにらんでいる。

「しかたないでしょ。このあかぎれた手じゃ、えんぴつだって、うまくにぎれないんだからっ」

「まあ、そういうことだ」

「そういうことって、どういうことだよ。父ちゃんが教えてくれればよかったじゃないか」

「おいおい。順平まで、そう、カリカリするなって。ひとつ、いいことを教えてやるからさ」

父ちゃんは母ちゃんの雑誌《ざっし》、「なんとかスタイル」をひろげると、まじめな顔をしていった。

「ここに、『柳号《りゅうごう》』ってあるだろ。これは、いわゆるペンネームだ。順平の場合は、『順ちゃん』でもいいし、『千夏ラブ』とかでもいい」

「は?」

「ただな、川柳に使えるのは、たったの十七文字だ。むずかしいよな。伝えきれない部分もあるだろうよ」

「まあね」

「そこでだ。その伝えきれなかった部分を、この柳号につけくわえるっていうのも、ひとつの手というわけさ」

「ふーん」

「だから、こういう野菜を使った川柳には、『八百屋の息子』なんていう柳号を持ってくると、おもしろみがますんじゃないのか」

「あ、それいいじゃん」

「だろ？　未熟《みじゅく》なヤツがすることだといってしまえば、それまでだけどな。お題はダイエットだし、こういう楽しい川柳なら、ゆるされる手段《しゅだん》だろ」

なるほど。さすが父ちゃん、たまには役に立つときもある。

四　やっぱり、役に立たない父ちゃん

毎年のことだけど、九月は運動会の準備《じゅんび》や練習で、あっというまにすぎていく。

あいあいがさのことも、三角関係のことも、千夏を泣かせたことも、なにひとつ責任《せきにん》がとれていないままだというのに、もう十月三日、日曜日。

金曜日からふり続いていた雨がうそのように、今日の空は、真っ青。風は、さわやかにふいている。

「母ちゃん、弁当《べんとう》と水筒《すいとう》、あとで持ってきて！」

このまさしく運動会びよりの朝、体操服《たいそうふく》に着がえたオレは、ひと足さきに学校へ向かって歩きだした。

八百平は、第一と第三の日曜日が定休日だから、父ちゃんと母ちゃんも、あとからやってくる。予定どおり土曜日の運動会なら、父ちゃんが三十分、母ちゃんが三十分。交代で店をぬけ出して応援《おうえん》にくるというのがいつものパターンなんだけど、金曜日の夜に雨がふりだしたとたん、やたらとはりきりだしたふたりに、はっきりいってオレはイヤな予感がしていた。

運動会は紅白合戦《こうはくがっせん》だ。全学年、一組と二組が赤組、三組と四組が白組。オレは六年一組だから赤組だ。

まずはその、赤組の応援合戦からはじまった。

オレたちのクラスの前では、応援リーダーを自らかってでた佐藤が、扇子《せんす》を持ってハデなパフォーマンスをくりひろげている。

「フレー――、フレー――、赤組。フレー、フレー、赤組。フレー、フレー、赤組」

みんなは太鼓《たいこ》にあわせて手びょうし。最後は「うおー――っ」と、太い声をあげた。

対する白組は、ポンポンを手にした女子のチアダンス。

「フレーーー、フレーーー、白組。フレー、フレー、白組。フレー、フレー、白組」

足をふりあげる女子をまぢかで見ようと、赤組の男子は身をのり出していた。

次にはじまったのが、一年生の五十メートル走。オレたち六年一組は、その世話係だ。一番にゴールした子を、一等の旗の後ろに。二番にゴールした子を、二等の旗の後ろにと整列させていく。

『天国と地獄《じごく》』のチャンチャンチャンチャンチャン、チャチャチャチャチャチャチャチャチャに、急げ、急げとせかされて、一年生は次々と走ってくるから、世話係もけっこうたいへんだ。

はぁはっ、はぁはっ。と浅い呼吸《こきゅう》をくりかえす子は、なかなか手をはなしてくれないし、ぎゅっとオレの手をにぎったまま、ぐったりともたれかかってくる子もいる。

これとおなじようなことを、千夏にしているヤツもいるからゆるせない。

早くはなれろ、早くはなれろ、このくそガキども……。

オレはほんのすこしだけつぶやいていた。

そのあとも、徒競走やリレー。どの学年も約一ヶ月間、一生けんめいに練習した演技《えんぎ》のひろうへと続いていった。

もちろん百メートル走では、オレもがんばったし、千夏もかわいく走っていた。

くやしいけどやっぱり、リレーの選手はかっこよかった。

毎年かならずあるバトンの落下。今年は運悪く、オレたちのクラスに起きてしまった。バトンパスがうまくいったと思った直後、ほかのヤツとぶつかったんだ。

けど、「あとはまかせろ」と必死に走る第三走者。ビリだとわかっていても、がむしゃらに前を追いかけるアンカー。そして、徐々《じょじょ》にちぢまっていく距離《きょり》。こんなオレでも応援《おうえん》に力が入った。白組にリードをゆるしたけど、赤組は一段《いちだん》と盛《も》りあがった。

そんななかではじまったのが、ＰＴＡのつなひきだ。

「そーれ、そーれ」のかけ声にあわせて、先頭のオレの父ちゃんは、太いつなをぐいぐいと引きよせていた。でかいシリがじまんの母ちゃんは一番後ろだ。どっしりとかまえて、地面すれすれでがまん。腰《こし》がうきあがることは、最後まで一度もなかった。

そのおかげで逆転《ぎゃくてん》し、いきおいにのった赤組が見事に勝利。

これが、小学生最後の運動会。楽しい思い出になるはずだったのに……。

うちに帰ると、負傷者《ふしょうしゃ》二名が悲鳴をあげていた。

「いったぁー」

母ちゃんの手は、いつもにまして絆創膏《ばんそうこう》だらけ。ちょっとかたいビンのふたを開けただけでも、深くひびわれたあかぎれがよけいに深くなることがあるっていうのに、あんなガサガサのつなをにぎって、おもいっきり引っぱったりするからだ。指にまかれた十枚《まい》の絆創膏には、あかぎれから出た血がにじんでいて、もう見ていられない。

もうひとりは。

「父ちゃん、しっかりしてくれよ！」

「あ、いてててっ」

どうやら父ちゃんは、起きあがることすらむずかしいらしい。

まったく、なんてざまだよ。つなひきくらいで腰《こし》をいためるなんて、はずかしいったら、ありゃしない。

おまけに、オレをこき使う気だ。

「順平、明日の朝は、六時起きでたのむぞ」

「はっ、なんだよそれ」

「市場への仕入れは母ちゃんにいってもらうけど、農家さんには持ってきてくれるようにたのんだんだよ。おまえはそれを受け取って、店出しをしてくれ。あー、明日が、運動会のふりかえ休みでよかった、よかった」

だってさ。


そして次の日の朝。

「おーい、順平、起きてくれー。父ちゃんがぁ、死にそうだぞぉ」

階段《かいだん》の下から聞こえるうめき声と、かべをドンドンたたく音に起こされた朝は、まだすこし暗かった。

　母ちゃんはもういないけど、朝メシはいつもどおり、きちんとテーブルにならべてある。

「腹《はら》ペコじゃ動けないだろうから、先に食べてろだってさ」

「ふーん」

　いつもより一時間半も早いと、腹ペコかどうかもよくわからないけど、とりあえずと、オレがそれを食べはじめたら、店の前に一台の軽トラが止まった。

「大将《たいしょう》、おはよう。どうかね、腰《こし》の調子は？」

　いかにも農家らしい、ベージュの作業着すがたのおじいさんが、すこしだけ開いている店のシャッターをくぐってきた。

「あー、川原さん、おはようございます。もう、ほんと、もうしわけないです」

「いいって、いいって。こっちだって、大きさがばらばらの野菜を、いつもいつも引き取ってもらっているんだから、こまったときは、おたがいさまだよ」

「いやあ、そういってもらえると……、すみません、たすかります」

「だから、いいって。ニンジンと小松菜を持ってきたけど、こっちに運べばいいのかい」

「いえいえ、あとは、こいつがやりますんで」

よつんばいになって歩く父ちゃんに押《お》し出《だ》されたオレは、結局、朝メシもろくに食べさせてもらえないまま、店の前に出た。

軽トラにのっていたのは、ふさふさの葉っぱがついたままの、色の濃《こ》いニンジンだ。

よく見なれたニンジンに、オレの口からは、思わず「あ」という声が出た。

「うん、どうした?」

「あ、いえ、このニンジン、一番あまくておいしいから」

「ああ、そうだろうとも」

自信たっぷりの言葉とは反対に、てれくさそうに頭をかく手を見たら、鈴木のかっちゃんとおなじ、ツメのふちと深いしわに土色がしみこんだ、厚《あつ》みのある手だった。それから……。

母ちゃんとおなじ、あかぎれのある手だった。

その手を見たオレは、ついついいってしまった。

「ニンジン、明日からは、オレが洗《あら》います」

今日のニンジンは、きれいに洗ってあったんだ。父ちゃんはいつも、土のついたままのニンジンを持ってくるのに。

「そりゃあ、たのもしいねえ。たすかるよ」

おじいさんはそういうと、オレにはとどかない軽トラの奥《おく》から、ニンジンが入ったコンテナを引きよせた。

そのニンジンをザルに小分けして、小松菜を四、五本ずつたばねていたら、外から聞きおぼえのある声が入ってきた。

「順平くん、ひさしぶり」

「あ、おはようございます」

夏休みに手伝いにいっていた畑、鈴木のかっちゃんの娘《むすめ》のハデおばさんだ。いや、もうハデじゃないんだけど、畑仕事をするまえは、茶髪《ちゃぱつ》にぱっちりまつ毛の、ハデなおばさんだった。

「お父さんは、どう?」

「あー、死にそうっていっているけど、たぶんだいじょうぶです。いま、よんできます」

「ううん、いいのよ。ゆっくり休ませてあげて。今日はナスだけだから」

ハデおばさんが車から運んできたダンボールの中のナスも、今日はつやつやだ。きっとひとつひとつ、きれいにみがいてきてくれたんだと思う。

ハデおばさんの手は、畑仕事をするまえの、ハデなおばさんだったときとおなじ、白くて細長い指のままなのだろうか。軍手をはめているから見えないけど、その中の手がオレはなんとなく気になった。

そんな気持ちでナスをながめていたら、ぎくりとさせられた。

「気にしなくていいわよ。また冬休みに手伝いにきてもらうから。ほら、冬は白菜とかキャベツとか、重たい野菜もたくさんあってたいへんでしょ？」

「え？」

「あははは。じょうだんよ。じゃあ、順平くん、お店の手伝いがんばってね」

ハデおばさんは、そういって帰っていった。

母ちゃんが仕入れてきた野菜やくだものは、もう秋だ。

イモ類や、栗《くり》や、りんご。椎茸《しいたけ》とか、舞茸《まいたけ》とかの、キノコ類もたくさんある。そのなかでも王様の、松茸《まつたけ》を売り残したりしたら商売にならない。

だから母ちゃんは、なんとかして松茸を売ろうとしている。

まずは、三人のオバサン連中がターゲットだ。

「今日はごうかに、松茸でもどう？」

「だめだめ。うちみたいな安月給じゃ、そんな高価《こうか》なもの、とてもじゃないけど手が出ないわよ」

「松茸を　買ったつもりで　しめじ炊《た》く？」

「そうよ。しめじでじゅうぶん。『香《かお》り松茸、味しめじ』っていうじゃない」

「あら、『松茸の　香りだけなら　即席汁《そくせきじる》』でしょ」

「あっはっはっは。それは手軽でいいわね」

「けど、『香りして　さがしてみるが　すがたなし』っていうのも悲しいものよ」

「そうそう。あれって、つい、さがしちゃうのよねえ」

「やだあ、わたしもやっているわ」

「でも本物は、また来年ね」

軽くことわられても、母ちゃんはあきらめない。

「来年も　来年こそはと　いうのよね」

「そういえば、毎年、来年こそはって、いってる気がするわ」

「『うまいもの　味覚あるうち　食べておけ』ってね。年を取れば味覚も落ちるし、せっかくの歯ごたえも、かたいっていうようになってしまったらねえ」

「それも、そうね」

と、客の気持ちが、とうとう動きだした。

「今年はおもいきって、買っちゃおうかしら」

「すこしは、安くしてくれるの？」

「もちろんよっ」

「じゃあ、もらっていくわ」

「はい、まいど！」

見事だ。父ちゃんがいなくても、八百平はだいじょうぶかも。

父ちゃんは評判がいいらしい整体に通いはじめたけど、三日目にして、元気になったのは口だけだ。

この日の夜も。

「ダイエット、ダイエット、ダイエット、――」

しめきりがせまってきた川柳を、じゅもんをとなえるように考えている母ちゃんに、「あ、しまった。また、やりなおしかよ。オレはそんなところを、押《お》したおぼえはないぞ」とかいって、スマホをいじりながら口をはさんでいる。

「さっきから、菓子《かし》をパクパクつまみながら、なにがダイエットだ。いま、晩《ばん》メシを腹《はら》いっぱい食べたところだろうが。まったく、冬眠《とうみん》でもする気かっていうんだ」

「冬眠？　それいいわね」

「あー、できるものならやりてえよ」

「ちがうわよ。例の川柳のことよ。あと一句作りたいんだけど、なかなか、いい言葉が思いうかばなくて」

「へー、おまえにぴったりのお題なのにねえ」

「そうなんだけどさー。ねえ、こんなのはどう？　『ダイエット　するわよぜったい　明日《あした》こそ』」

「おっ、いいね。『どうせまた　明日《あした》こそはと　明日《あす》もいう』」

「ん？　それって、今日、わたしが松茸《まつたけ》を売るのに使ったフレーズじゃない」

「そうだっけ？」

「そうよ。でもまあ、たしかに、ダイエットにも使えそうね」

「だろ？」

「けどなんか、あんたがいうとイヤミに聞こえるのよね。いい？　べつに、わたしのことじゃなくていいんだからね。一般的《いっぱんてき》な話よ、一般的な！」

「わかってるさ」

「じゃあ、これは？　『ゼロカロリー　なのにどうして　やせないの？』」

「そいつはね　高カロリーも　食べるから」

くっ。やっぱり、父ちゃんはうまい。

「もう、いい」

母ちゃんはがっくりして台所にいった。

さてと、オレもそろそろ完成させないといけない。

そう思って、えんぴつをにぎったところで、父ちゃんが声をかけてきた。

「順平は、どうなんだ？」

「うーん、もうちょっと」

「そんなのんきなことをいっていていいのか。しめきりは、十月八日必着だっただろ」

「べつに、のんきになんてしてないよ」

「ならいいけど、あっちのほうも、のんきじゃこまるぞ」

「あっちって？」

「とぼけるなよ。千夏ちゃんのことに決まってるだろ」

「はぁ……、そっちね」

「なんだ、なんだ、その顔は。なんの進展《しんてん》もないのかぁ。なさけないなあ」

「しょうがないだろ。席替《せきが》えがあって、もう、となりの席でもなくなっちゃったんだから」

「ほー、そりゃかわいそうに。順平もとうとう、天に見はなされたか」

な、なんてことをいうんだ。縁起《えんぎ》でもない。

「スマホさえあれば、なんとかなるんだ！」

きっぱりいいはなったオレは、川柳《せんりゅう》をいくつか書いたノートをテーブルにひろげた。

そしたら、父ちゃんがのぞきこんできた。

「あれ？　うまいじゃないか」

「そうかなぁ。なんか、しっくりこないような気がするんだけどさ」

「そうでもないぞ」

「ほんとに？」

「ああ。順平だって、そうやって、一字、一字、ていねいに書けば、それなりの字が書けるんだよ」

はっ、こんどは、そっち？　川柳の話じゃないのかよ。

ほんと、役に立たない父ちゃんだ。

しかたないから、あとは神だのみ。

オレは次の日の、十月六日の登校まえ。

ハガキを入れたポストの前で、パンパンっと手を打って、スマホが買えますようにとおねがいした。

応募《おうぼ》したのは、この三句《く》だ。

ポテチ食べ　やせたいやせたい　いう母ちゃん

売れ残り　ぜんぶ食べては　太る母

トマトやせ　完売まえに　キープする

柳号《りゅうごう》を「八百屋の息子《むすこ》」にしたから、後ろのふたつも、ちゃんと意味は通じると思う。

字も、ものさしで仕切った線からはみ出さないように、ゆっくりとていねいに書いた。

母ちゃんはどんな川柳《せんりゅう》を作ったか教えてくれなかったけど、あれこれなやんでいたことはたしかだ。

オレの川柳は、いちどは父ちゃんもほめてくれたことだし、けっこう自信がある。

ほんとうは、「毎日早起きをして、店の手伝いをしているんだ。スマホくらい買ってくれ」といいたい気持ちでいっぱいだ。

でもこれは、オレと母ちゃんの勝負。それをいったら、男がすたるというものだ。

オレは正々堂々と勝負にでた。

五　絆創膏《ばんそうこう》と指輪《ゆびわ》

運動会から一週間がすぎた。

六時起きは、そろそろ限界《げんかい》だ。

朝の会がはじまってもオレは、二列前の拓也のかげにかくれて、机《つくえ》につっぷしていた。

ところが、オレの脳ミソをたたき起こすようなことを、磯《いそ》じいがいいだした。

「えー、夏休みまえに作った川柳の作品集『手』なんだが、先生方や学校関係者のみなさんに配ったところ、とっても評判《ひょうばん》がよかった。そこでだ。この二学期も、また作ってみようと思うんだが、どうですかね」

は、どうですかねって？

ひょっとしてまた、オレの父ちゃんと母ちゃんが先生になって、川柳の授業《じゅぎょう》をするわけ？

また、あの、いやーな感じにたえないといけないわけ？

たのむから、かんべんしてくれよ。

オレはおもいっきり、顔をゆがめてうったえた。

それなのに、磯《いそ》じいは知らんふりして、かってにどんどん話を進めていく。

「みなさん、おぼえていますか？　神田順平くんのお母さんが、『お父さんやお母さん、おじいさんやおばあさんの手も、ゆっくり見てみなさい』といっていましたよね。今回は、それをテーマにしようと思います。なにも、感謝《かんしゃ》の気持ちだけでなくてもいいでしょう。みなさんの、すなおな気持ちを詠《よ》んでください」

そんなの、どう考えても、タイミングが悪すぎる。

オレの父ちゃんの親、じいちゃんとばあちゃんは、もう死んじゃっている。

母ちゃんの親は元気だけど、住んでいるのは、となりのとなりの県だ。

新幹線《しんかんせん》に乗って電車とバスに乗りかえてじゃ遠すぎるし、店がいそがしいからって、ずいぶんと長いあいだつれていってもらっていない。それに、じいちゃんはいつもおこってるみたいな顔をしているから、オレも父ちゃんも、じつはちょっと苦手としている。

そうなるとオレが詠む川柳《せんりゅう》は、父ちゃんと母ちゃんの手だけど、父ちゃんはまだまだあの状態《じょうたい》。どうにか歩けるようにはなったものの、立ったりすわったりするたびに、「いててててっ」と、なさけない声をあげている。

母ちゃんの手なんて……。とにかく、いまはひどすぎる。

だいいち、母ちゃんはあんな手で、またみんなの前に立つ気かよ。

そう思っていたら、磯じいがいいたした。

「ただ今回は、とくに授業《じゅぎょう》は行いませんのでね。さっそく今日からでも、各自で考えはじめるように」

なんだ、そういうことなら、まあいいや。

「はーい」

みんなにまじって、オレもてきとうにこたえておいた。

「作るのは、ひとり二句《く》から四句。お父さん、お母さん、おじいさん、おばあさん、それぞれ一句ずつでもいいですし。お父さんだけで四句、お母さんだけで四句でもかまいませんよ」

二句でじゅうぶん、だれが四句も作るかよ。

「それでですね。それを作品集にまとめるまえに、こんどの授業参観《じゅぎょうさんかん》で発表することにしましょう」

「えーーっ」

だよな。

毎回毎回、きゃっはっはっは、きゃっはっはっは、と笑い声をひびかせる親を持つオレは、もっとはげしくわめきたい。あの母ちゃんが、川《せん》柳《りゅう》の授業なんかにきたら、どれだけ目立つかわからない。

「質問や相談があれば、いつでも受け付けます。神田くんのお父さんとお母さんもそういってくれていますので、八百平さんをたずねていってもいいでしょう」

げっ、そうくるか。

父ちゃんも母ちゃんも、あんまりしゃしゃり出るなよな。

「では、参観日の案内を配ります。十月三十日の土曜日です。わすれずに、うちの人にわたすんですよ」

へいへい。ちょっとイラッとしていたオレは、前の席からまわってきたプリントを、いきおいよく受け取った。

「イッテ」

そしたら紙で、手が切れた。

そのときオレは、はじめて気がついたんだ。

ほかにも切れているところがあることに。

まちがいない。右手の人さし指の第二関節。これは、母ちゃんとおなじ、あかぎれだ。

土のついた野菜を洗《あら》ったり、店の雑巾《ぞうきん》がけをしたり、家の風呂《ふろ》掃除《そうじ》をしたりと、一週間ずっと水仕事をさせられていたオレの手は、知らないあいだにカサカサになっていた。

そのことに気がついたとたん、手に力が入らなくなってきた。

紙で切れた、中指。そのとなりの、あかぎれた人さし指。たった二ヶ所だけなのに、えんぴつを持つ手もおかしくなる。

母ちゃんはどんなふうに、ペンを持っているんだ？

ぜんぶの指にあかぎれがある手で字を書くなんて、まったく想像《そうぞう》ができない。きれいな字が書けないのはあかぎれのせいだっていっていたのは、ほんとうのことだったんだ。

「あげる」

二本の指をじっと見ていたら、となりの席から声がした。

「手、切れたんでしょ？」

「あ、うん、サンキュ」

オレは早川エリから、水色の絆創膏《ばんそうこう》を受け取った。それには、ピンクのウサギがついていた。

「なに、できないの？」

いや、できるけど。

ウサギにためらっているオレから、絆創膏をうばいかえした早川エリは、はる準備《じゅんび》をして、オレの指を要求してきた。

しかたがない。オレはあかぎれたほうの指を一本つき出した。

オレの指に水色の絆創膏をまいていく早川の手は、千夏の手とはぜんぜんちがっていた。白くて、細長くて、ハデおばさんみたいな指だ。

「ナニ？」

あ、やばい。思わずじっと見ていたら、じろりと、気持ち悪いものでも見るような目でにらまれた。

この日の夕方、拓也の母ちゃんが店にやってきた。

「ねえ、サツマイモちょうだい」

「はい、まいど」

店に出ているのは、もちろん母ちゃんだ。

「このあいだ、焼きイモ鍋《なべ》を買ったのよ」

「へー、それはいいわね」

「あら、『へー』だって。がっはっはっは」

でた。豪快《ごうかい》な笑い声。

「で、おいしいイモはどれ?」

「『サツマイモ　ホクホク好きは　紅《べに》あずま』。『ねっとりが　好みとくれば　安納《あんのう》イモ』」

「ホクホクか、ねっとり? うーん、どっちもいいわね」

「ええ、どっちもおいしいわよ」

「じゃあ、どっちも買うから、安くしといてよ」

拓也の母ちゃんはそういうと、コンテナの中からイモを選びはじめた。

どれも、特大サイズばかりだ。それを手に取っては、うれしそうにニヤついている。

拓也は、この母ちゃんの手を詠《よ》むわけか……。

オレはレジのイスから立ちあがって、サツマイモをかきわける手をのぞいてみた。

そしてオレはおどろいた。

指輪が見えたんだ。むっくりとした薬指のつけ根で、でっかい緑色の石が光っている。

「あら、なに、順平ちゃん？」

やばい。また、じっと見てしまった。

「ううん、べつに」

オレはあわてて首をふり、レジから袋《ふくろ》をわたした。

「そういえば、順平ちゃん。最近、うちにきてないわよね。明日にでもいらっしゃいよ。焼きイモ、ごちそうするから」

「あ、うん。でも、拓也もきてないよ。買い物、拓也にこさせればいいのに。『出入り禁止《きんし》』なんて、父ちゃん、ぜったい、もうわすれてるよ」

「あらやだ。そんなこと、わたしもとっくにわすれていたわよ。がっはっはっは」

拓也の母ちゃんはいつものように笑い、大量のサツマイモをかかえて帰っていった。

ふとオレは、父ちゃんと母ちゃんが詠んだ、もうひとつの「手」の川柳を思い出した。

　苦労した　この手ほしがる　ひかりもの
　軍手の手　イワシにサンマ　よく似合《にあ》う

夫婦川柳《ふうふせんりゅう》の賞金をめぐってのいい争いで、母ちゃんは指輪をほしがった。それを父ちゃんが、ひかりものといわれている青魚のイワシとサンマを使って、だれがそんなものを買ってやるものかと詠んだ川柳だ。

オレは絆創膏《ばんそうこう》だらけの母ちゃんの手を思いうかべて、緑色の指輪をはめてみた。

そしたら、なんだか、悲しくなってきた。


「さてと、もう寝《ね》るだけよね」

料理をいましたかと思えば、すぐに後片《あとかた》づけをして、また店に出る。薬なんてぬっているひまはない。といっていた母ちゃんも、さすがに、十ヶ所もひどいあかぎれを起こせば医者にいく。

風呂《ふろ》から出たあと、薬をぬりはじめた母ちゃんの手を、オレは横目でじっと見た。

「なによ」

「べつに」

するとやっぱり気づかれた。

だけど、ちょっと聞いてみる。

「母ちゃんは、指輪、はめたりしないの？」

「指輪？　なんで順平が、そんなこと聞くのよ」

「だから、べつにだけど」

と、オレはどうでもいいように、ぼそっという。

「今日、拓也の母ちゃんが、はめているのを見たから」

母ちゃんのこたえはこうだった。

「あー、拓也くんのお母さんは、つやつやした、きれいな手、しているわよね」

それから、また薬をぬりながら、「まあ」とつけたした。

「母ちゃんは、どのみち、はめる指輪もないけどね」

「え、ないの？」

ちょっとびっくりしたら、となりにいた父ちゃんがまちがいを指摘《してき》した。

「みさ子、おまえ、一字まちがっているぞ。は・ま・る指輪もないけどね、だろ」

はー、そういうことか。

なんだかまた、へんな話をしてしまった気がする。

「えー、そうですけど、もう十年も、新しい指輪は買ってもらってないってことよね」

ほら、母ちゃんが反撃《はんげき》にでた。

もちろん、父ちゃんも負けていない。

「指輪なんて、サイズを直せばじゅうぶんだろ。どうせ、やせる気なんてないんだから。それに、十年くらいがなんだ。オレは十五年も、新しい時計を買ってないぞ!」

「そんなの自分のせいでしょ! もうかってもないのに、毎日、酒、酒、酒、酒。酒ばっかり」

「すくない金で、うまくやりくりするのが、女房《にょうぼう》の仕事だろうがっ」

あーあ、ふたりともいいたいほうだい。これじゃあ、とうぶん終わりそうにない。

とばっちりを食《く》らうまえに、オレは二階にかけあがる。

けど、うちの店、そんなにもうかってないのかな。

父ちゃんも母ちゃんも、毎日、あんなにはたらいているのに。

オレは、早川エリからもらった水色の絆創膏《ばんそうこう》をはがして、あかぎれた人さし指を見た。

まだぜんぜん、治ってないや。

母ちゃんの、あのあかぎれは、いつ治るんだろうな。

母ちゃんがさっきいっていた、あれ。

「拓也くんのお母さんは、つやつやした、きれいな手、しているわよね」っていうのは、母ちゃんは指輪がしたくても、カサカサの手を見られたくないからできないっていうことだよな。

へっ、指輪がなんだ。

絆創膏のなにが悪い。

オレは母ちゃんの手を詠《よ》んだ。

「母ちゃんの　絆創膏は　ひかってる」

六　ゴム手袋《てぶくろ》と勲章《くんしょう》

「大将《たいしょう》、おはよう。順平くん、ごはんは、もうすんだかね?」

ニンジン農家の川原さんの朝は、毎日とっても早い。これからニンジンを洗《あら》うオレのために、早く持ってきてくれているのかもしれないけど、六時に起きるオレにとって、六時十分とはちょっと早すぎる。それを、もう十日間いえずにいるオレは、レーズンがすこし入ったニンジンサラダを、口いっぱいにつめこんで立ちあがった。

「はーい、いま、いきまーす」

生でもじゅうぶんおいしい、この色の濃《こ》いニンジンを、オレは川原さんのトラックから店の裏《うら》に運んでいく。

ふさふさの葉っぱがついていると、ぱっと見には新鮮《しんせん》でよさそうだけど、この葉っぱは栄養をどんどんすいとってしまうから、すぐに切り落とす。

でももちろん、この葉っぱも食べられる。八百平では、ほしい人にあげているけど、けっこう評判《ひょうばん》がいい。

葉っぱを切り落とすと、川原さんちのニンジンは、くきのじくが小さいことがわかる。これが、やわらかくておいしい目印だ。

オレはこのおいしいニンジンを、母ちゃんとおなじように、肌《はだ》をたしかめながら洗っていく。オレのひざみたいに、ザラザラしたケガのあとはないかなとか、母ちゃんみたいに、ピンピンした肌をしているかなってね。

今日のニンジンも文句《もんく》なし。無農薬だから、このピンピンした肌も、安心してぜんぶ食べられるのがいい。

ほとんどの野菜が皮のすぐ内側に、栄養をいっぱいたくわえているんだ。それなのに、皮をむいてしまうなんてもったいなさすぎる。

おっと、のんびりしていられない。ニンジンは水がついていると、いたみやすくなってしまうデリケートな野菜なんだ。

オレは急いで水気をふきとって、店の中へ運んでいく。

店の正面からはちょうど、ハデおばさんが入ってきて、小松菜を小分けしている父ちゃんに声をかけていた。

「あら、もういいんですか?」

「いやあ、もうちょっとかな。毎日、もうしわけないねえ」

「ううん、いいのよ。あの車もたまには乗らないと、動いてくれなくなっちゃうから」

「なに、最近、会社勤《づと》めのほうは?」

「もう、ぜんぜん。すっかり農家にはまっちゃったわ」

「あ、そう。そりゃあ、いい。これで、鈴木のかっちゃんも安心だ」

「さあ、それはどうかしらね。毎日、口ゲンカばかりしているもの。母さんも、がんこだから」

「がんこじゃなければ、無農薬野菜なんて作ってないよ」

「あはは。それもそうね」

鈴木のかっちゃんとハデおばさんのところも、農薬を使わずに野菜を育てている。

それはとってもたいへんなことだと、オレは知っている。

農薬で害虫をふせぐことができないわけだから、害虫が発生しないように、毎日の草むしりはぜったいだ。それでも発生してしまったら、自分で退治《たいじ》するしかない。

夏休みにオレが大根の根元に指をつっこんで、ハスモンヨトウっていう害虫の、イモムシみたいな幼虫《ようちゅう》をほじくり出したようにね。

前かがみになっての作業は、めちゃくちゃきつかった。それに、ふつうの何倍も土をいじりながら育てる手には、いつのまにか土色がしみついていく。

オレははじめ、そういう手をきたないと思ってしまった。鈴木のかっちゃんがにぎってくれたおにぎりも、食べたいと思えなかった。

けど、わかったんだ。

がんばってはたらいている手は、たくましくて、かっこよくて……。

やさしくて、あたたかくて……。

父ちゃんがいっていたとおり、勲章《くんしょう》なんだって。

風邪《かぜ》をこじらせて寝《ね》こんでいた鈴木のかっちゃんの手が、オレにそう教えてくれた。

あのときのオレは、そういう手にすこしでも近づきたいって、思ったりもしたっけな。

ハデおばさんは、どうなんだろう。

ナスやサツマイモを運ぶハデおばさんは、今日も軍手をはめていたけど、帰りぎわにいちどだけ軍手をはずした。

父ちゃんに「じゃあ、これ、おねがいします」と、伝票をわたした手は、もう色白ではなかった。ツメも短かったし、マニキュアもしていなかった。

ハデおばさんの手も、しわの中やツメのふちを、土色にそめていくのかな。そういう手になりたい、なんて思っているわけないよな。

そんなことを考えながら洗《あら》う、ハデおばさんが持ってきたサツマイモは、やっぱり大きさはばらばらだけど、でこぼこはすくない。それに、根っこを切るとミツがあふれ出てくる。こうやっておいしいことがわかると、洗うのもいやではなくなる。

けど。

オレのあかぎれは、二ヶ所にふえていた。こんどは、左手の人さし指だ。サツマイモを入れたコンテナを、オレはほとんど、中指と薬指だけで持ちあげた。

はー、あとは、店の掃除《そうじ》か。

「順平、これ、使いなさい」

雑巾《ぞうきん》をしぼっていたら、母ちゃんが仕入れから帰ってきた。

「なに？」

「ゴム手袋《てぶくろ》よ。手、切れているんでしょ」

「あー、ちょっと、紙で切っただけだよ」

「なんで、うそつくのよ。わたしの薬を、こっそりつけたりもして」

げっ、ばれていたんだ。

「べつにこんなの、たいしたことないよ。たった二ヶ所だし」

「いまは二ヵ所でも、ほうっておいたら、こういう手になるのよ」

母ちゃんは絆創膏《ばんそうこう》だらけの指を見せつけてきた。

「いいよ、べつに」

「なにいってるの。明日から、ちゃんと使いなさいよ」

「だから、いいって。そんなのをつけていたら、野菜の肌《はだ》がわからないだろっ」

こういいはなったオレを、母ちゃんが目をまるくして見ている。

「なんだよ」

「掃除《そうじ》のときだけでも使いなさいよ」

母ちゃんは雑巾《ぞうきん》バケツの横に、ゴム手袋《てぶくろ》を置いていった。

だったら、自分だって使えばいいのに。

オレはゴム手袋に、「母ちゃん用」と黒マジックで書いておいた。

とうぜん、母ちゃんはいった。

「ちょっと、順平、なによこれ?」

オレは……、

「雑巾がけは、母ちゃんの仕事っていう意味！」

そういってにげた。


次の日も、父ちゃんはおんなじ。

「おーい、順平。父ちゃんを、みすてる気かぁー」

毎朝オレは、階段《かいだん》の下から聞こえるうめき声と、かべをドンドンたたく音に起こされている。

まったく、なにが「みすてる気か」だよ。朝メシくらい、ひとりでかってに食べればいいだろ。母ちゃんがちゃんと用意してくれているんだからさ。

煮《に》ナスと、レンコンのいためものと、ニンジンサラダと、キノコの味《み》噌汁《そしる》。料理がずらりとならべられたテーブルを前にして、オレは父ちゃんをおどしにでる。

「父ちゃん、早くしっかりしないと、そのうち、母ちゃん、たおれるぞ」

「わかってるって」

そういいながらも、「いてててっ」と腰《こし》を下ろす父ちゃん。

ぜったいに、わかってないだろ。父ちゃんが絆創膏《ばんそうこう》をまいているところなんて、見たことがないもんな。あかぎれた手で仕事をするたいへんさが、父ちゃんにはわかっていないんだ。いちどくらい、父ちゃんもあかぎれになってみればいいのに。

味噌汁《みそしる》をすすりながら、父ちゃんのつやつやした手を見ていたら、そう思えてきて、オレはちょっと大げさにいってみた。

「いってぇー。うわっ、父ちゃん、見てよ」

オレが両手をネコの手にすると、ぱっくりひらいた人さし指の第二関節に、父ちゃんは顔をぐっと近づけてきた。

「おいおい、それって、あかぎれじゃないのか」

「あかぎれ？　そうかあ、これをあかぎれっていうんだ。あかぎれって、めちゃくちゃいたいんだね」

「そうなのか。そんなにいたいのか？」

「うん。ぜったい、水とかしみるよね。でも、どうしようか。いまから、ニンジンを洗《あら》うのはいいとして、こんなんじゃ、ぜんぶはできないよ。今日は、父ちゃんが、店の掃除《そうじ》をやってよね」

「お、おう。わかった。まかせろ」

ひひひ。うまくいった。雑巾《ぞうきん》がけだけは、どうしても好きになれないんだ。

けど、川原さんのトラックがきて、ニンジンを洗いにいこうとしたら、なぜか父ちゃんもついてきた。

ニンジン洗いは、オレひとりでよかったのに。父ちゃんとならんで、たらいの中のニンジンを洗うなんて、なんだかへんな感じだ。

それに、いちいちうるさい。

「いいか、順平。『ニンジンの　うまさはじくで　品定め』といってな。このくきのじくの大きさが、そのままニンジンの芯《しん》の太さだからな。やわらかくておいしいニンジンの目印は、じくの小ささだぞ」とか。

「『ニンジンも　いい年すぎれば　白いヒゲ』といってな。ヒゲが多いニンジンは、食べごろをすぎたものだから注意しろよ」とか。

「『うす皮を　一枚《まい》はいだら　デリケート』といってな。ニンジンはこうやって洗《あら》ってしまうと、表面のうす皮がはがれてしまうんだ。だから手早く洗って、すぐにふきとる。これが基本《きほん》だぞ」とか。

そんなこと、母ちゃんから聞いてとっくに知っているっていうのに、オレは一週間、毎日おなじようなことを聞かされながら、父ちゃんといっしょにニンジンを洗った。

けど、オレのたくらみは失敗だったみたいだ。

一週間がたっても、父ちゃんの手にあかぎれはできていない。

ニンジンを二、三本まとめて洗う父ちゃんのつやつやした手は、大きくて、たくましくて、手首にはめた銀色のごつい腕時計《うでどけい》がよく似合《にあ》っている。

「その時計、十五年もしているの？」

「ああ。これは、結納返《ゆいのうがえ》しだからな」

「なに、それ？」

「まあ、結婚《けっこん》の約束みたいなものだ。父ちゃんと母ちゃんのときは、まずは父ちゃんが結納の品として、指輪をおくったんだよ。そしたらこんどは母ちゃんが、結納返しだといって、お礼にこの時計をくれたんだ」

「へー、オレが生まれるまえからか。ずいぶんと長持ちだね」

「ああ、母ちゃんといっしょ。よくはたらく時計だ。けどだいぶ、時間がおくれるようになってきた。そろそろ一回、きちんと修理《しゅうり》に出すか。母ちゃんも、この時計も、こわれたらこまるからな」

父ちゃんはそういって、時計のネジを五、六回まくと腰《こし》をあげた。

それから、ニンジンのコンテナを、よっこらしょと持ちあげると、

「さてと、明日は特売日。いっちょう、仕入れにもいってみるか」

といって、店の中へ入っていった。


そうして、土曜日。

六時起きから解放《かいほう》されたオレは、一日をのんびりとすごしていた。

両手の人さし指のあかぎれは、もうふさがっている。父ちゃんが水仕

事をやってくれたからか、母ちゃんみたいに血が出るほどの重症《じゅうしょう》ではなかったからかはわからない。

ただ、勲章《くんしょう》らしきものがなくなった手は、ちょっとさびしい気がしなくもなかった。

母ちゃんは「母ちゃん用」のゴム手袋《てぶくろ》を使ったら、ゴムの刺激《しげき》でよけいにあれたとか。でも、ゴム手袋の下にはめる綿《めん》の手袋を買ってくるといっていた。

やみあがりの父ちゃんははりきっている。

今日の目玉は、リンゴの試食販売《ししょくはんばい》だ。

「さあ、おじょうさん方、ひときれ食べてみて。『ひとくちで、若《わか》きあの日が　よみがえる』ってね。あまずっぱくて、香りのいいリンゴが入ったよ」

と、むかしはおじょうさんだったオバサンたちに、五つ、六つと、まとめ買いをさせている。

リンゴはけっこう重たいから、品出しはらくじゃない。

夕方になると、腰《こし》をさすりはじめた父ちゃんを、ちょっと心配していたら、大きなひとりごとが聞こえてきた。

「あれー、おかしいなあ」

見ると、父ちゃんが店の前に出て、首をかしげている。

「どうしたの？」

「ああ。いま、そのかげに、千夏ちゃんがいたような気がしたんだけどな」

「え？」

オレも店先に飛び出たけど、千夏どころか、こどものかげは見あたらない。

「どうせ、見まちがいでしょ」

「そうかぁ、父ちゃんの妄想《もうそう》かぁ」

「げっ、どんな妄想するんだよ」

「だってよぉ。運動会で、父ちゃん、かっこいいところを見せただろ？」

は、あ？

「そろそろ、いいにきても、いいんじゃないのか」

「なにを？」

「そりゃあ、『先生が　つな引くすがた　超《ちょう》ステキ』とかだよ。川柳《せんりゅう》で告白っていうのもいいよなあ」

あんなに腰《こし》をいためたくせに、なにいっているんだ。

「そういえば、順平のクラス、また川柳を作りはじめたんだろ？」

ああ、そうか。千夏は川柳のことを聞きにきたのか。

水曜日と土曜日は、ピアノのレッスンがある日だからありえる。

オレは千夏が通っているピアノ教室に向かって、千夏をさがしはじめた。

そしたら、ほんとうにいた。

「千夏！」

「あ、順平くん」

「もしかして、いま、店にきた？」

「あ、うん」

「父ちゃんに質問《しつもん》なら」

「ううん、ちがうの。あのね、おばあちゃんが。あ、ほら、夏休みに、エリとマキといっしょにスイカを食べにいった……」

「ああ」

「あのおばあちゃんが、こんどはサツマイモをほりにこないかっていうから、明日、エリとマキと、それから……、拓也くんといっしょにいくんだけど」

は？　なんで拓也が？

「あ、でも、順平くんちは八百屋さんだし」

「いく。ぜったいに、いくっ！」

オレは千夏の言葉をまたずに返事をした。

七　拓也と勝負

　チリンチリン。

　千夏たちとまちあわせの十分前。一時五十分になると、拓也が店にやってきた。

　店先にいた母ちゃんが声をかけている。

「あら、拓也くん、ひさしぶりね」

「あ、はい。夏休みは、すみませんでした。野菜であそんだりして……」

「ああ、そうだったわね。最近、見かけないと思っていたら、それできていなかったのね。そんなこと、とっくにわすれていたわよ。きゃっはっはっは」

　店の中には、父ちゃんもいた。

「おいおい、笑いごとじゃないぞ。こんど、野菜を粗末《そまつ》にしたら、ただじゃおかないからな」

両手を腰《こし》にあてていった父ちゃんだったけど、やっぱり笑いとばした。

「まあ、おじさんもわすれていたけどな。ひゃっはっはっは」

これで、拓也の出入り禁止《きんし》は解除《かいじょ》だ。

ざまあみろ。なにが、「これって、とうぶん、おつかいにこなくていいってことだよな。ラッキー！　大根ぶらさげて歩くなんて、かっこわるくてしかたないんだからさあ」だよ。これからはどんどん、大根を売りつけてやるぞ。

拓也のせいで、オレは麦わら帽子《ぼうし》と黒い長靴《ながぐつ》すがたにさせられたんだから。しかもそれを、千夏に見られるし……。

あー、思い出したら、むかむかしてきた。

「順平もいくんだろ？」

うれしそうに聞く拓也に、

「おう」

と、オレはぶっきらぼうに返事をして、自転車にまたがった。

「イモほりなんて、幼稚園《ようちえん》以来《いらい》だぜ。オレは食べるほう専門《せんもん》だからな」

このとおり、拓也はいつもと変わらない。

でもオレは、「そうだな。おまえの母ちゃん、このあいだも、イモ買っていったよな」なんて会話をする気にはまだなれない。学校の裏《うら》の橋のところまでの五分間、オレはただ「ふーん」とか「へー」とか、てきとうな返事をしながらペダルをこいできた。

千夏たち女子三人は、すでに集合ずみだ。輪になって、おたがいのスマホ画面をのぞきあっている。

「おっす」

というオレたちに、「おそーい」とひとこと。なかなか、顔をあげようとしない。

オレたちはおそくない。おまえたちが早いんだ。なんてことはどうでもいいけど、早川エリ、おまえのそのかっこうはなんなんだ。

いまからするのは、イモほりだぞ。畑に入って、しゃがみこんで、泥《どろ》だらけになって、イモをほじくり出す。

なのになんで、スカートなんだよ。

そういえば夏休みに、オレの麦わら帽子と長靴すがたを笑った、こいつのかっこうも、こんな感じだったっけ。

でも、スイカとイモはちがうだろうが。土の上と、土の中だぞ。

そういってやりたくて、ギロリと目を向けたとき、こいつはそれさえも知らないのではないかと思えてきた。

なぜって、見えたんだ。早川エリの左手の薬指に、キラキラ赤く光るものが。

ぜったいにこいつは、イモほりをなめている。

あきれながら、自転車をふらふらこいできた千夏のおばあちゃんちの畑は、そんなに大きくなかった。農家というわけではなく、趣味《しゅみ》でやっているそうだ。

「まあ、いらっしゃい。さあ、あがって」

オレたちにジュースを出してくれたおばあちゃんは、小柄《こがら》で、にこにこしていて、まさしく「おばあちゃん」ってよびたくなるような、理想的なおばあちゃんだった。

千夏は、このおばあちゃんの手を、川柳《せんりゅう》で詠《よ》むらしい。

「ねえ、おばあちゃん。ちょっと、手、見せて」

と、おばあちゃんの手を、さわったりにぎったりしているから、オレもついついじーっと見てしまう。

千夏とよく似《に》た、ぷくぷくした手だ。

千夏も、おばあちゃんと手をあわせるといった。

「おばあちゃんの手、かわいい」

「あら、それは、うれしいわね」

「それに、あったかい」

「そうでしょ。小さいころのちーちゃんは、この手が大好きで、いちどつないだら、寝《ね》るまではなしてくれなかったわよ」

「うそ」

「ほんとよ。おさんぽにいくときも、すべり台をすべるときも、それか

ら……、トイレにいくときもね」

みんなが笑いだすと、千夏ははずかしそうにいった。

「だって、おばあちゃんちのトイレ、暗くてこわかったんだもん」

それから、ぷいっとしてつぶやいた。

「もう、おばあちゃんの意地悪」

「ごめん、ごめん。ちーちゃんと手をつなぐのなんて、とってもひさしぶりだから、なんだかいろんなことを思い出しちゃったわ」

千夏のおばあちゃんはそういって、うれしそうに目を細めていた。

「じゃあ、そろそろはじめましょうか」

オレたちがジュースを飲みほすと、千夏のおばあちゃんがおっとりと立ちあがって、オレたちもあとに続いた。

畑は家のすぐ前。八百平とおなじくらいの広さの畑の中を、サツマイモのツルと葉っぱがおおいつくしているのを見たら、「さあ、ほるぞ！」と力がわいてきた。

それは、拓也もおなじみたいだ。

「このツルの下に、大きなおイモがあるはずだからね」

千夏のおばあちゃんのせっかくの説明を聞こうともせず、いきなりツルをたばねて引っぱりだした。

「まあ、たのもしいわね。でも、そうあせらずに、まずは土をかきわけたほうがよさそうよ」

そりゃそうだろ。

思わずぷっとふき出したオレは、拓也よりさきにウネの前にしゃがみこんで、両手でくずしたウネを、さらに深くほっていった。

「あ、あった」

ひとつじゃない。三つ、四つと、仲間になってうまっている。

オレはイモ全体が見えてきたところで、ツルを持って引きあげた。

「すっごーい」

女子三人が声をあげて、オレのイモによってきた。

へっへっへー。オレは八百屋の息子《むすこ》だ。たかがイモほりでも、野菜のことで、拓也に負けるわけにはいかない。

ところがだ。

「うわっ、でっか！」

拓也のこのひとことで、女子はみんなオレからはなれていった。

「なにそれ、すっごーい」

「拓也の顔が小さく見えるー」

特大サイズを引きあてて、自分の顔の大きさとくらべる拓也に、女子は大はしゃぎだ。

くそ、大きさか。よし、オレだって、超特大《ちょうとくだい》サイズを見つけてやる。

「こっちもあったよ」

「うん、わたしも見つけた！」

女子三人からも声があがるなか、オレは気合いを入れて、どんどん土をかきわけた。

「おい、見ろよっ！」

と、オレ。

「こっちのほうが、でっかいぞ！」

と、拓也。

決着はなかなかつかないけれど、ごろんごろんとあらわれるサツマイモには、自然と顔がゆるんでくる。

それに、土ってこんなに気持ちがよかったっけ。

ちょうどいいしめりぐあいと冷たさで、ずっとさわっていたくなる感《かん》触《しょく》だ。

そしてオレは、とうとう見つけた。

ほってもほっても、その全体像《ぜんたいぞう》がなかなかあらわれない超特大《ちょうとくだい》サイズ。

オレはそれを、うーっと引きあげると同時に声をあげた。

「やったぜ!」

するとと近くにいた、野原マキがいった。

「やだ、順平の、へんな形」

「へ?」

あははは。よく見たら、オレが引きあてたのは、たしかに超特大サイズだったけど、二またにわかれた、足みたいなイモだった。

それからも、出てくるのは、なぜだかへんてこなイモばかり。

「あらあら、ごめんなさいね。そのあたりはきっと、土がよくなかったのね。こっちの方を、ほるといいわ」

千夏のおばあちゃんが、場所を変えるようにいってくれたけど、オレは動かなかった。

野菜なんて、まっすぐできれいなものばかりじゃない。曲がっていたり、くびれがあったりするものなんだ。でもおいしければ、ひとつも文《もん》句《く》はない。

そう思いながらほり続けていたら、早川エリのわめき声がした。

「ぎゃああ」

「なにっ！」

オレたちはいっせいにふりかえる。

「ム、ムシ！」

「なんだよ。ムシくらいでさわぐなよ」

ぼそっといったオレに、早川は大声でいいかえしてきた。

「さわぐわよ。ムシよ。ムシっ！」

たしかに、まあまあ大きなイモムシだ。わざわざ見にきた拓也も、ぎょっとしている。

けど、こんなものどうってことない。夏休みに鈴木のかっちゃんの畑でいくつもふみつぶした、あのハスモンヨトウの幼虫《ようちゅう》となんの変わりもない。

だからオレは、ためらうことなくふみつぶした。

そしたら拓也が、めちゃくちゃイヤそうな顔を向けてきた。

「げっ、気持ちわりぃ」

「しかたないだろ。こいつらは、畑をあらす害虫なんだから」

オレはそういって、またイモをほりはじめた。

もうぜんぶほり出したのか、まだ残っているのか、とにかく大量のサツマイモを前にして、千夏のおばあちゃんがいった。

「イモほりは、このへんで終わりにして、そろそろ、サツマイモパーティーにしましょう」

「サツマイモパーティー?」

聞きなれない言葉に、みんなの声がそろった。

「そうよ。焼きイモに、スイートポテトに、大学イモ。みんなで作って、みんなで食べるの」

だれもが「やったあ」と思ったところで、早川エリがまたわめきだした。

「ないっ! ねえ、ない!」

「ないって、なにが?」

野原マキの問いかけに、早川はおろおろしながらこたえた。

「指輪。指輪がないの」

「え、うそ。あの指輪? ねえ、エリ、いつまであったの?」

「エリ、よく思い出して」

そんなこと聞かれてもわかんないよな。

「どうしよう……」

早川は泣きだした。

「わたしがあずかっておけばよかったわよね。気づかなくて、ごめんなさいね」

千夏のおばあちゃんは、早川の背中《せなか》をさすっている。

だから、イモほりをなめるなって……。と思っているオレの横で、拓也が両手を、ほり起こした土の中につっこんだ。

野原マキに千夏、早川エリに千夏のおばあちゃん。みんなの手が、次々と土の中に入っていく。

オレはたぶん、しかたなくだった。

拓也はたぶん、はじめからちがっていた。ズボンもTシャツも、もう泥《どろ》だらけだ。まるで平泳ぎをしているみたいに、早川がいたあたりの土を力強くかいでいる。

そんな拓也のすがたを見て、オレもようやくしんけんにさがしはじめた。

「だいじょうぶ。きっと見つかるから」

と、野原マキ。

「そうだよ。ぜったい、この中にあるんだもの」

と、千夏。

早川の泣き声は、だんだんと大きくなっていった。

それからおそらく、一時間以上。

泣き声がなくなって、話し声もしなくなって、ただ必死にさがすオレたちを、千夏のおばあちゃんは心配していた。

「みんな、すこし、休みましょう」

「え、でも、おばあちゃん……」

「だいじょうぶよ。ちーちゃんも、さっきいっていたでしょ。指輪はこの畑の中。見つかるまで、どこにもいったりしないわ」

たしかにそうだけどと、みんなの手が止まりかけたときだった。

「あった！　なあ、これだろっ」

拓也の手が高くあがった。

その手の先には、土をまとった、小さな赤い指輪が見えた。

ほっとした早川は、その場でうずくまり、わあーっと声をあげて泣き

だした。

そして拓也が指輪をわたすと、腕《うで》で涙《なみだ》をぬぐって、すこしだけ笑っていった。

「ありがとう」

みんなに迷惑《めいわく》をかけたことをせめるわけでもなく、見つけたことをじまんするでもなく、泣いたことをひやかすでもなく、ついでにいうと、

「さあ、帰ろうぜ」でもなく、

「さ、帰りますか」

といった拓也が、なんだかかっこよく見えて、オレは完全に負けた気がした。


「みんな、たくさん持っていってね」

サツマイモパーティーは中止になった。

千夏のおばあちゃんは、八百屋の息子《むすこ》のオレの自転車のかごにも、はみ出すほどのサツマイモを入れてくれている。

それを落とさないように、気をつけて走る帰り道。

オレたちは、鈴木のかっちゃんの畑の前を通った。

赤くそまった夕やけ空の下で、大根の葉っぱがいきおいよく生いしげっているのが見える。

「ごめん、さきにいってて」

オレは自転車を止めて、だれもいない畑に入っていった。

「なに、どうしたの？」

「この大根、オレがタネをまいたんだ」

あとをついてきたみんなにそういって、オレは大根の首に、右手の人さし指をあててみた。

そしたら千夏も、中指を差し出してきた。

「もうすぐだね」

「え、あ、うん」

この大根の首が、直径六センチまで成長したら収穫《しゅうかく》の時期。夏まつりのまえの日、オレと千夏は、指で六センチをはかりながら、この畑の大根をぬいたんだ。

今日は、そのときよりも近い。大根の葉っぱをはさんだすぐ右側に、千夏の指がある。たぶん、いままで一番の接近《せっきん》だ。

そう思ったら急に、心臓《しんぞう》の音が聞こえてきた。

そしてオレは、右手を背中《せなか》にかくした。

けど、ちょっとおそかったみたいだ。

「順平くん、ケガしたの？　血が出てる」

オレもさっき、手を洗《あら》ったときにはじめて気がついたんだ。治ったはずのあかぎれが、また切れていることに。

いちどは、勲章《くんしょう》みたいに思った手も、やっぱり千夏に見られるのははずかしかった。

「わたし、絆創膏《ばんそうこう》、あるよ」

小さなカバンから絆創膏を取り出したのは、早川エリだ。まえとおなじ、ピンクのウサギがついた水色の絆創膏を、なぜだか千夏にわたしている。

「自分でできないんだって」

オレの「え?」と、千夏の「え?」がかさなった。

千夏は一瞬《いっしゅん》のあいだに、オレを見て、早川を見て、野原マキを見た。

オレは拓也から、目を遠ざけた。

「これくらい、どうってことないし」

と、指も出さない。

そんなオレを、野原と早川がせめたてる。

「バイキンが入っても知らないわよ」

「なにてれているのよ。ばっかみたい。わたしには、すぐにその指、出したくせに」

「べつに、てれてなんかねえよ。出せばいいんだろ、出せばっ」

なんだよ。これじゃあ、オレひとりだけがガキみたいじゃないか。

オレはめんどうくさそうにして、千夏に人さし指を向けた。

その人さし指を、千夏のぷくぷくした指が一周しようとしている。

これは、かなりやばい。人さし指に、心臓《しんぞう》があるみたいになってきた。

急に、あかぎれもいたくなってくる。

千夏は……、

「あれ？　あ、えっと……、ごめん」

といった。

「いいよ、べつに」

ただ、ウサギの顔が、ぐにゃっとしただけだ。

「さっきの早川、かわいかったよなあ」

学校の裏《うら》まできて、千夏たちとわかれると拓也がいった。

「泣いたあとに、一生けんめいに笑って『ありがとう』って。めちゃくちゃかわいかっただろ」

はいはい、かわいかったんじゃないですか。

オレがいわれたわけじゃないから、知らないけどっ。

「オレ、早川にのりかえようかな」

「はっ？」

オレは急ブレーキをかけた。

「な、なんでとつぜん、そんなこというんだよ」

「だってさ、オレと順平が勝負したってしかたないだろ。選ぶのは千夏なんだから」

「そりゃそうだけど」

「それに、オレの勝ち目は、うすいみたいなんだよなあ。気がつくとさあ」

と、拓也は右手の、親指と人さし指をすこしひろげていった。

「千夏の机が、オレの机《つくえ》からはなれているんだ。ほんの、これくらいなんだけどな」

あ。

それは、オレが……。

じつは、拓也と千夏の机の横を通りすぎるとき、オレはわざと机にぶつかっている。そのとき、直すふりをして、ほんのすこしだけ、ふたりの机をはなしていたんだ。

オレの人さし指の長さ、六センチだけ。

まさかそれに、こんな効果《こうか》があったなんて。

拓也、ほんとうに、ごめん。

八　責任をとる

　今日は十月三十日、土曜日。六年生になって二回目の参観日だ。

「特売日でいそがしいんだろっ。こなくていいって！」

　どれだけ強くいっても、母ちゃんはいつもどおり、二時間のうちの一時間だけは、店をぬけ出してやってきた。

　選んだのは二時間目の理科ではなくて、もちろん三時間目の特別活動《とくべつかつどう》。磯《いそ》じいが、川柳《せんりゅう》を発表するといっていた時間だ。

「お父さん、お母さん、おじいさん、おばあさん。たくさんの手を川柳にしてくれた人もいると思いますが、今日はひとりひとつずつの発表とします」

と、さっそくはじまり、みんなとおなじようにオレも、どっちの川柳にしようかとなやんでいる。

「では、窓側《まどがわ》の席から順に、発表してもらいましょうかね」

かわいそうに。一番はじめは、野原マキだ。

「野原さんは、だれの手を発表してくれますか？」

「え、あ、はい。わたしはお父さんの手を発表します」

「どんな川柳ですか。聞かせてください」

「はい。『手当てする　父の手いつも　あたたかい』」

「ほー、それは、どんな気持ちで詠《よ》んだのですかね」

「え？　えーと、これは、わたしがおなかがいたかったり、のどがいたかったりすると、お父さんはいつも、聴診器《ちょうしんき》と自分の手をあたためてから診察《しんさつ》してくれるので、ほかの人にもそうなのかなって思って聞いてみたんです。そしたら、手当てとはそういうものだといっていたので、ちょっと感動して作りました」

「なるほど、野原さんのお父さんは、お医者さん。とってもすてきな川柳ができましたね。ありがとうございました」

さすが優等生《ゆうとうせい》だ。大きな拍手《はくしゅ》がわき起こっている。

「今日はこんな感じで、どんなときに、どんな気持ちで詠んだのかなども発表していきましょう」

「えーーっ！」とか「めんどくせー」とか思っているのはオレたちだけで、これがけっこう、親たちの涙《なみだ》をさそった。

「では、次は佐藤くん」

「はい。ぼくもお父さんの手を発表します」

「どんな川柳《せんりゅう》ですか」

「タスキぬい　指にいくつも　針《はり》のあと」

「それは、どんな気持ちで詠《よ》みましたか」

「このあいだの運動会で、ぼくは応援《おうえん》リーダーをやりました。ふつうのハチマキを六本もらって、頭用は二本、体用は四本つなげてタスキを作らなくちゃいけなかったんだけど、ぼくのうちは、お母さんがいないから、お父さんがやりました。でも、すっごくへたくそで、指に針《はり》をぶちぶちさしていきました。ぼくがやるっていったんだけど、やらせてくれなくて……。バカみたいに意地はっちゃって……。それで、えーと、なんだっけ。あっ。あのタスキには、お父さんの血がいっぱいついていたんです。だから、赤組でよかったです。白組だったら、水玉もようになるところでした。あははは」

佐藤のとぼけぶりに笑いだしたヤツもいたけど、一番後ろの席のオレには、鼻をすする音も聞こえてきた。

「そうですか。気づかなくて、もうしわけなかったですね。でも、いまの十七文字からは、うらやましいくらいの、すてきな家族が伝わってきました。すばらしい川柳です。ありがとうございました」

と、磯《いそ》じいも絶賛《ぜっさん》した。

「では、次は三浦ゆかりさん」

「わたしはママの手です」

「聞かせてください」

「『うれしいな　ママとおんなじ　運命線《うんめいせん》』。わたしはパパ似《に》で、弟はママ似《に》なんです。わたしはママみたいに、くりくりの目ときれいな歯ならびになりたかったのに、弟にぜんぶよこどりされた感じで、ずっといやでした。でもこのあいだ、ママの手を見たら、わたしとママ、そっくりな手相をしていて、それがすっごくうれしかったんです。だって、運命《うんめい》線《せん》なんだもん。わたしもママみたいになれるのかなって思って作りました」

「ほほえましい川柳《せんりゅう》ですね。よかったですよ」

千夏は、おばあちゃんの手を発表した。

「『つないだら　思い出あふれて　祖母笑顔《そぼえがお》』。このあいだ、ひさしぶりに手をつないだら、おばあちゃん、いろんなことをうれしそうに思い出していたから、それを詠《よ》みました」

千夏らしい、やさしくて、ほんわかした川柳だ。

イモほりから、明日で一週間か。千夏、あの大根のことおぼえているかな。たぶん、そろそろ六センチになっているはずなんだよな……。

さてと、次はライバル、拓也か。

「ぼくは母の手を発表します」

はっ、母？　ライバルのネコかぶりな発言に、オレは耳をうたがった。

もちろんそれは、オレだけではない。

「やだ、あの子ったら、『母』だって。がっはっはっは」

その「母」本人が、すでに大笑いをしている。

けど拓也は、いたってまじめに発表した。

「『母の手が　スプーンすりきり　料理する』。一年くらいまえ、じいちゃんとばあちゃんが、糖尿病《とうにょうびょう》とか高血圧《こうけつあつ》とかの病気になりました。そしたら、親せきのおじさんやおばさんがみんなして、母の料理のせいだっていいだしたんです。そんなのぜったいにちがいます。じいちゃんとばあちゃんは、自分たちでしょっちゅう、ケーキやまんじゅうを買ってきていたんだから……。だから、そういってやればいいのに、母がしたことは、料理教室に通うことでした。いまは、砂糖《さとう》や塩を、大さじ一杯《いっぱい》とか、小さじ二杯《にはい》とか、きっちりすりすれすれにはかって料理しています。そういう母ってすごいなと思って川柳にしました」

「やだ、もう、ほんっと、あの子ったら。あたしは、味つけがへたなだけなのに。ねえ、がっはっはっは」

なんだよ、拓也のヤツ。おまえの母ちゃんの「がっはっはっは」、鼻声がまじって聞こえてくるぞ。

まったく納得《なっとく》できないオレは、前の席ふたりのまじめな川柳《せんりゅう》もむすっと聞いていた。

そして次は、早川エリだ。

「わたしはパパの手です」

「聞かせてください」

「あれ？　あれ？　あれ？　スマホが押《お》せない　太い指」

親も生徒も、心あたりのあるやつらがふきだすと、早川エリはいった。

「だって、先生が、感謝《かんしゃ》の気持ちじゃなくてもいいっていうから……」

「はい、もちろんいいです。川柳にたいせつなユーモアがあって、とってもよかったと思いますよ。それにわたしも、スマホに苦労しているひとりです」

磯《いそ》じいがそういうと、また笑いが起きたけど、オレは笑っていられない。

オレが詠《よ》んだ父ちゃんの川柳は、「スマホ文字　指で押せずに　ツメ立てた」だ。完全に、早川とかぶってしまった。

こうなったら、しかたがない。

「神田順平くん」

「詠《よ》んだのは、母ちゃんの手です」

「はい、聞かせてください」

「母ちゃんの　絆創膏《ばんそうこう》は　ひかってる」

「ほー、なかなか興味深《きょうみぶか》い川柳《せんりゅう》ですね。その川柳には、神田くんのどんな気持ちがこめられているのですか」

「えーと」

みんなも知っているとおり、オレの母ちゃんの手は、いつもあかぎれています。そんな手は、あまり見られたくないから、指輪はしません。でも、オレは思ったのです。母ちゃんの絆創膏は、一生けんめいにはたらいている証拠《しょうこ》で、指輪なんかより、ずっとかっこいいって。

なんてことを、このオレにいえるわけがない。

オレは爆笑《ばくしょう》を覚悟《かくご》していう。

「母ちゃんは、はめる指輪がないから、絆創膏が指輪がわりなんです」

ほら、みんなが笑いだした。

けど、やばい。後ろから聞こえるのは、くすくす笑いだけだ。母ちゃんの「きゃっはっはっは」という、いつものかん高い笑い声は聞こえてこない。これはそうとう、おこらせてしまったのかも。


その参観日の帰り道。

拓也は、また、早川エリの話をしてきた。

「今日の早川、かわいかったよな。『あれ？　あれ？　あれ？　スマホが押《お》せない　太い指』だったっけ？」

「そうだけど。おまえ、ほんとうに、早川のことが好きなのか」

「まあな」

それは……。

「拓也と千夏の机《つくえ》を、六センチはなしているのが、このオレだとしてもか？」

「は？」

拓也の口は、まさしく、開いた口がふさがらない状態だ。

「ごめん」

オレは立ち止まって、頭を下げた。

「順平、おまえって、なかなかせこいな」

「そうだよ。オレはせこいよ。だから、千夏がなんていうかわかんないけど、明日、千夏をさそっていきたいところがあるんだ」

「へー、どこに？」

「……このあいだの大根畑。たぶん、もう、収穫《しゅうかく》だから」

「ふーん、いいんじゃね」

「ほんとうに、いいのか？」

「ああ、問題なし！」

「なら、勝負だ」

「はあ？」

「カートレースのゲームで勝負」

「なんで、そうなるんだよ」

「いまのオレが、拓也に勝てそうなものは、それくらいしかないだろ」

「だから、オレたちが勝負したって」

「わかってるさ。けど、拓也に勝ってから、千夏をさそいにいきたいんだ」

「ったく、わがままなヤツだな」

そういってくれた拓也んちに、オレは昼メシをささっと食べて押しかけた。

「よし、かかってこい」

いままでの勝率《しょうりつ》は七勝三敗。得意なゲームだ。負ける気はまったくしない。これで勝利をおさめて、三角関係は解消《かいしょう》だ。

オレはテレビ画面に向かって、「ブーーーン、ブーーーン」とか「キキキキキィーーッ！」とかいいながら、たくみにコントローラーを操作する。

安全運転派《あんぜんうんてんは》の拓也はいつもどおり、のんびりとアイテム取りに必死になっている、はずだった。

それなのに、なんということだ。拓也のカートが、すぐ後ろについている。

「おい、拓也、おまえ、いつのまにっ」

「へへー。順平がちっともこないから、腕《うで》をみがいておきましたよー」

くそー。一気に、手に汗《あせ》がにじんできた。ぬぐいたいけど、そんなひまはない。

ぜったいにぬかされるものか。ぬかされたら、拓也にアイテムを使われる。どんどんと障害物《しょうがいぶつ》を落とされたらたまらない。

オレはカートを左右に動かして、追いこすスキをあたえない作戦にでた。クラッシュするなら、みちづれだ。

と、何回、クラッシュをくりかえしただろうか。

オレのカートは、やっとゴールした。

ぜんぜんくやしそうでもないのに、拓也は「ちぇー」といっている。

そんな拓也にオレは、「いいこと、教えてやるよ」といってみた。

「早川エリ、拓也みたいなうまい字で、ラブレターもらったらうれしいらしいぜ」

それから、拓也の「へー」という顔を見て、オレは拓也んちをあとにした。

急いでうちに帰ったオレは、特売日でいそがしそうな、父ちゃんと母ちゃんの間をすりぬけて自転車を持ち出す。

目指すは、鈴木のかっちゃんの畑だ。

「大根、まだ、ありますように」といのりながら、十五分間かっ飛ばしてくると、畑の奥《おく》の方に大きな麦わら帽子《ぼうし》がふたつ見えた。鈴木のかっちゃんとハデおばさんだ。

「こんにちは」

まだ植わっていた大根を目にしてほっとしたオレは、ふたりにかけよった。

「おや、どうした」

ひさしぶりに見る鈴木のかっちゃんは、あいかわらず日焼けして真っ黒。元気そうに、クワを振り下ろしていた。

「あのう、夏休みにタネをまいた大根、そろそろ六センチじゃないかなって」

「ああ、そうだな。おいしそうにできてるぞ」

「ほんとに？」

「持っていくか？」

「あ、そうじゃなくて。明日、オレにぬかせてください」

「ほー、そりゃ、たすかるぞ」

「と、友だちも、いっしょにいいですか？」

「ふん？」

あれ、なんか、へんないいかただったかな。鈴木のかっちゃんが、びっくりしたような顔をしている。そして、ハデおばさんにはバレバレだった。

「へー、なに、順平くん。彼女《かのじょ》でもつれてくるの？」

「ち、ちがいます」

といっているのに、ふたりともにやにや笑っている。

「二時」あ、ちがう。二時にまちあわせをするから。

「二時十分。二時十分ころにきます」

オレはそういって、その場からにげさった。

次に向かった先は、もちろん千夏が通うピアノ教室だ。

夏まつりのときは、なんていったんだったけな。

「あのさあ。夏まつりだけど、いっしょにいかないか」だったような。

だから今日は、「明日なんだけど、いっしょに大根ぬきにいかないか」

でいいのか？　なんかダサくねえ、と思っていたら。

「順平くん？」

「はい」

やばい。いつのまにか、目の前に千夏が立っていた。

「えーと」

「うん」

「あ、あのさあ、明日なんだけど、オレ、また大根」

「いく」

「へ？」

「あ、ごめん」

千夏はオレの話をまたずに、返事をしてくれた。

もしかしたら、交際宣言《こうさいせんげん》できる日も、そんなに遠くないかもしれない。

それに、それに。

もしかしたら、明日は、手をつなげるかもしれない。

と、期待が百倍にふくらんだ。


そして、次の日の昼すぎ。

ツメよし。汗《あせ》よし。あかぎれよし。

オレがかんぺきな手をながめていたら、買い物から帰ってきた母ちゃんが、父ちゃんに向かっていきなりツノを立てだした。

「ちょっと、これ、どういうことよ！」

母ちゃんが手にしているのは、あの「なんとかスタイル」っていう雑《ざっ》誌《し》だ。

今月号が発売されたのか。

ていうことは、ダイエット川柳《せんりゅう》の発表？

「かして！　どこ？」

オレは母ちゃんから雑誌をうばった。

「ここよ、ここ！」

絆創膏《ばんそうこう》がまかれた、母ちゃんの人さし指がさしたところには……。

最優秀賞《さいゆうしゅうしょう》
『女房《にょうぼう》が　片足立《かたあしだ》ちする　体重計』
神田一平

って、父ちゃん？

「どういうことだよっ！」

オレも父ちゃんに、雑誌をつきつけた。

「いや、まいったなあ」

自分の名前を確認《かくにん》した父ちゃんは、後頭部をかきながら、ひゃっはっはっは。笑ってごまかそうとしている。

そんなこと、ぜったいにゆるすものか。

「父ちゃん、オレのスマホを買ってくれるんだろっ」

オレは父ちゃんにつめよった。

「なにいってるのよ」

そこへ、母ちゃんがわりこんできた。

父ちゃんに向かって、気色の悪い声を出している。

「テレビに決まっているわよねぇ、あ・な・た」

オレはすかさずわりこみかえす。

「ぜったい、スマホ！」

「ぜったい、テレビよ！　だいたい、順平。あんた、昨日の川柳はなんなのよ。みんなの前で、はじをかかせてくれちゃって。なんなら、おこづかいをへらしてもいいのよ」

くぅー、そうくるか。

母ちゃんはじろりと、オレを見下ろしている。

「まあまあ、そんなにあせるな。こういうことはだな。ゆっくり考えるとしよう」

と、二歩下がる父ちゃん。

「ダメよ！　あんたがゆっくり考えたんじゃ、ろくなことにならないんだから」

と、三歩つき進む母ちゃん。

「そうだ、そうだ！」

と、オレもあとに続いた。

するとひらきなおった父ちゃんが、ズンと大きく前に一歩。

「なんだとぉ。最優秀《さいゆうしゅう》賞《しょう》を取ったのは、このオレだぞ！　なにを買おうが、オレのかってだろうが。あー、そうだ、決めた。こうなったら、一万円の高い酒を五本、どんとまとめて買ってやるっ」

といいはなった。

そんなものを買うくらいなら……。

「だったら、腕時計《うでどけい》の修理代《しゅうりだい》と、指輪のサイズ直し代にすれば」

ぽつりといったら、父ちゃんと母ちゃんが「はい？」というまぬけ面《づら》を、オレに向けてきた。

なんだよ。オレだって……。

うーん、よくわかんないけど、オレだってまじめに、感謝《かんしゃ》みたいな気持ちを考えることくらいできるんだ。

できるんだけど、そんなこと、みんなの前でどうどうといえるかよ。

あー、もーいい。

こんなことをしていたら遅刻《ちこく》してしまう。

オレは自転車に飛び乗って、学校の裏《うら》へと急いだ。遠くに千夏が見えてからは、ずっと立ちこぎだ。

「ごめん、まった？」

「ううん」

よかった。千夏のぷにょぷにょホッペが、うれしそうに笑ってくれた。

その顔を見たら、あのあいあいがさで泣かせた責任が、すこしはとれた気がした。

「じゃあ、いこうか」

ペダルをこぎだしてからは、このあいだもらって帰ったイモを、大学イモにして食べたことや、授業参観《じゅぎょうさんかん》で発表したみんなの川柳《せんりゅう》を話題にした。

オレは千夏の川柳をおぼえていて、千夏はオレの川柳をおぼえていた。

それだけでも、すごくうれしくて楽しくて、あっというまに着いてしまった鈴木のかっちゃんの畑ぞいのせまい道には、見おぼえのある自転車が二台止まっていた。

そして、畑をのぞいたオレの頭は、一瞬《いっしゅん》で真っ白になった。

鈴木のかっちゃんとハデおばさんのとなりに、なぜだか、早川エリと野原マキのすがたがあったんだ。

「な、なんで?」

オレは千夏を見た。

千夏はぶんぶんっと、首を横にふっている。

「おそい、おそいー」

「早く、早くー」

オレたちに気づいた早川と野原に大声でよばれて畑に入っていくと、ふたりはオレに手紙を見せてくれた。

しょうたいじょう
大根ほり大会
十月三十一日　日曜日　たぶん二時ごろ
イモほりの帰りによった大根畑に集合
山崎拓也

あのヤロウ。なにが、大根ほり大会だ。

にくたらしいほどうまい字で書かれた手紙を、オレはくしゃくしゃににぎりしめた。

ちょうどそのときだ。

「すみません、おそくなりましたー」

拓也はしれっと畑に入ってきて、鈴木のかっちゃんとハデおばさんにあいさつをした。

「せこいぞ、拓也！」

オレは押しころした声を、拓也にぶつける。

拓也はオレの肩に腕《うで》をまわすといった。

「そういうなよ。みんなでやったほうが楽しいだろっ。な、順平」

だから、なんでこうなるんだよっ。

もぉ――――――――――――――――っ！

あとがき

『五七五の秋』、楽しんでいただけましたでしょうか。

『五七五の夏』の最後のページ、夏まつりへいくシーンで、順平は千夏と手をつなげたの？　つなげなかったの？　と、ヤキモキしていたみなさん、ごめんなさい。『五七五の秋』も、つなぐことができないまま終わってしまいました。

でも、ちょっと近づきましたよね。ほら、大根畑で絆創膏《ばんそうこう》をはる場面。あのときの順平の胸《むね》の鼓動《こどう》が、みなさんにも届いていたらうれしいです。

ところでみなさんは、最近、だれかと手をつなぎましたか。

女の子なら、友だちどうしで手をつないで歩くっていうのもありだし、お母さんと手をつないでお買い物っていうのもありかな。読者のみなさんの年齢《ねんれい》だと、男の子はそういったことを、そろそろ卒業《そつぎょう》かしら。

え、もう、ボーイフレンドやガールフレンドがいるって？

なんて、うらやましいことでしょう。

わたしが一番最近、手をつないで歩いた相手は、八十三歳《さい》の父なんですよ。

びっくりでしょ？　わたしだってびっくりしていますが、これには、いささか事情《じじょう》が。

実は数年前から、父は認知症《にんちしょう》をわずらっていたのです。

それである日、散歩に出かけた父は、そのまま迷子《まいご》に。

どうしたものかと、しかたなくつきそいはじめたわけですが、思いのほか、楽しい時間をすごすことができました。

だからもしも、順平のクラスのように、お父さんやお母さんの手を川柳《せんりゅう》にしなさいっていわれたら、わたしは父の手を詠《よ》みます。

「わたしより　つるすべな手が　にくらしい」とか。

「介護《かいご》です　恋人《こいびと》つなぎは　いたしません！」とか、かな。

でも。

「ぎゅっとされ　手にも心が　あると知り」

それから、手をつないだきっかけの一句が、

「父の足　ひかけた石に　ありがとう」です。

みなさんなら、だれのどんな手を詠みますか。

ぜひ、挑戦《ちょうせん》してみてください。すてきな川柳ができることを祈《いの》っています。

万乃華れん

万乃華れん（まのか れん） 作者
1966年、愛知県に生まれる。日本児童文芸家協会会員。こども英会話教室勤務時、児童文学に触れ、童話を書きはじめる。2013年に福島正実記念SF童話賞大賞作品『声蛍』（岩崎書店）でデビュー。前作に『五七五の夏』（文研出版）がある。

黒須高嶺（くろす たかね） 画家
埼玉県に生まれる。児童書の仕事に『ふたりのカミサウルス』（あかね書房）、『日本国憲法の誕生』（岩崎書店）、『1時間の物語』（偕成社）、『自転車少年』（くもん出版）、『パイロットのたまご』（講談社）、『あぐり☆サイエンスクラブ』シリーズ（新日本出版社）、『最後のオオカミ』『五七五の夏』（文研出版）など。

文研じゅべにーる
五七五の秋　　2018年10月30日　第1刷

作　者　万乃華れん　　ISBN978-4-580-82343-3
画　家　黒須高嶺　　NDC913　A5判　168p　22cm

発行者　佐藤徹哉
発行所　文研出版　〒113-0023　東京都文京区向丘2−3−10　☎(03)3814-6277
〒543-0052　大阪市天王寺区大道4-3-25　☎(06)6779-1531
http://www.shinko-keirin.co.jp

印刷所／製本所　株式会社太洋社